# Kriegsveteranen verteidigen ihr Eigentum

ALEXANDER ARMIN

# INHALTSVERZEICHNIS

# 1
## Stille im Ash Valley

### 1.1 Cole Barretts Rückzug in die Einsamkeit

Hoch am Himmel strahlte die Sonne und hüllte das Ash Valley in ein warmes, goldenes Licht. Auf der Veranda seiner Farm saß Cole Barrett, umgeben von der unendlichen Weite der Landschaft, die sich bis zum Horizont erstreckte. In dieser Abgeschiedenheit hatte er Frieden gefunden. Die Klänge der Natur – das Zwitschern der Vögel, das Rascheln der Blätter im Wind – bildeten eine Melodie, die ihn oft in Gedanken versetzte. Doch trotz dieser Idylle war Cole nicht unbeschwert. Seine Einsamkeit wurde immer wieder von den Erinnerungen an seine Vergangenheit als Soldat überschattet.

Die Bilder von Kämpfen, Verlusten und Entscheidungen, die ihn bis heute verfolgten, schlichen sich in seine Gedanken. In diesen Momenten schien die Stille des Tals von einem Schatten durchzogen, der ihn daran erinnerte, dass der Krieg nie wirklich vorbei war. Cole schloss die Augen und atmete tief ein, versuchte, die Erinnerungen zu vertreiben, doch sie blieben hartnäckig. Er dachte an die Männer, die er verloren hatte, an die Kameraden, die ihm ans Herz gewachsen waren, und an die Verantwortung, die er für sie getragen hatte. Es war eine Last, die er nicht ablegen konnte.

Sein treuer Hund Ranger, ein deutscher Schäferhund mit wachem Blick, legte seinen Kopf auf Coles Knie und sah ihn an. In diesem Moment fühlte Cole eine tiefe Verbundenheit zu dem Tier. Ranger war nicht nur ein Hund; er war sein einziger Freund, sein Vertrauter in einer Welt, die oft so einsam und bedrohlich erschien. Die Loyalität und der Schutz, den Ranger ihm bot, waren wie ein Lichtstrahl in der Dunkelheit seiner Erinnerungen. Cole streichelte den Kopf seines Hundes und lächelte schwach. "Wir sind ein gutes Team, nicht wahr, Ranger?" murmelte er, während er den vertrauten Trost in der Nähe seines vierbeinigen Freundes suchte.

Die Weite des Ash Valley spiegelte Coles innere Kämpfe wider. Die sanften Hügel und majestätischen Berge schienen ihm Geschichten von Stärke und Überwindung zu erzählen, während sie gleichzeitig die Bedrohungen, die am Horizont lauerten, verbargen. Cole wusste, dass diese Ruhe nicht von Dauer sein würde. Er hatte frische Spuren schwerer Fahrzeuge auf seinem Land entdeckt, und das Gefühl der Alarmbereitschaft begann, sich in ihm auszubreiten. Es war ein vertrautes Gefühl, das ihn an die Brutalität erinnerte, die er einst im Krieg erlebt hatte. Die Verantwortung, die er für sein Zuhause und seine Nachbarn empfand, wuchs mit jedem Tag, an dem die Gefahr näher rückte.

Als er über die Felder blickte, die er mit so viel Mühe bestellt hatte, wurde ihm klar, dass er nicht nur für sich selbst kämpfte. Es ging um die Gemeinschaft, die ihm ans Herz gewachsen war. Die Nachbarn, die ihn als den wortkargen Farmer kannten, hatten keine Ahnung von dem Mann, der er einmal gewesen war. Doch jetzt, da die Bedrohung durch das mexikanische Kartell immer greifbarer wurde, musste er sich entscheiden, ob er weiterhin in der Einsamkeit leben oder für das kämpfen wollte, was ihm wichtig war.

Die Stille des Tals wurde von einem leisen, aber eindringlichen Gefühl der Unruhe durchbrochen. Cole fühlte, wie sich die Anspannung in ihm aufbaute. Die Idylle, die er so sehr schätzte, war in Gefahr, und er wusste, dass er handeln musste. Die Gedanken an seine militärische Vergangenheit drängten sich erneut in den Vordergrund. Die Fähigkeiten, die er in den Schlachten erlernt hatte, waren nicht nur Erinnerungen; sie waren Werkzeuge, die er jetzt nutzen musste, um seine Farm und seine Nachbarn zu schützen.

"Es ist Zeit, die Vergangenheit hinter mir zu lassen", flüsterte Cole entschlossen, während er Ranger anblickte. Der Hund bellte leise, als ob er Coles Entschluss verstand. In diesem Moment wurde Cole klar, dass er nicht länger in der Einsamkeit verweilen konnte. Die bevorstehenden Konflikte würden ihn zwingen, sich seiner Vergangenheit zu stellen und die Stärke zu finden, die er benötigte, um für das zu kämpfen, was ihm lieb war. Das Ash Valley war nicht nur ein Ort der Ruhe; es war sein Zuhause, und er würde alles tun, um es zu verteidigen.

## 1.2 Der treue Begleiter Ranger

Ranger, der deutsche Schäferhund von Cole, verkörpert weit mehr als ein einfaches Haustier; er ist Coles einziger Freund und Vertrauter. In den stillen Morgenstunden, wenn die Sonne über den Bergen aufgeht und das Tal in goldenes Licht taucht, sitzt Cole oft auf der Veranda seiner Farm und beobachtet, wie Ranger mit unermüdlicher Energie über das Grundstück tollt. Die beiden sind unzertrennlich, und ihre Bindung ist tief. Ranger symbolisiert nicht nur Loyalität, sondern auch den Schutz, den Cole für seine Nachbarn empfinden möchte. Diese Verbindung wird besonders deutlich, als Cole die frischen Spuren schwerer Fahrzeuge auf seinem Land entdeckt. Während er darüber nachdenkt, was diese Spuren bedeuten könnten, bleibt Ranger an seiner Seite, als wolle er ihm versichern, dass er nicht allein ist.

Die Rolle von Ranger als Beschützer und Begleiter wird während Coles täglicher Aufgaben immer klarer. Ob beim Melken der Kühe oder beim Reparieren des Zauns, Ranger ist stets in der Nähe, bereit, jede Bewegung im Umfeld zu registrieren. Cole bemerkt, wie Ranger seine Ohren aufstellt und aufmerksam lauscht, wenn sich etwas Ungewöhnliches regt. Diese Instinkte sind nicht nur das Ergebnis seiner Rasse, sondern auch das Produkt ihrer gemeinsamen Erfahrungen. In den ruhigen Momenten, wenn Cole über seine Vergangenheit als Soldat nachdenkt, wird ihm bewusst, dass Ranger ihm nicht nur Gesellschaft leistet, sondern auch ein Stück seines alten Lebens zurückbringt – die Kameradschaft, die er so sehr vermisst hat.

In der Einsamkeit des Ash Valley ist Ranger nicht nur ein Hund; er ist Coles emotionaler Anker. Die Erinnerungen an die Schrecken des Krieges verfolgen ihn, und oft fragt er sich, ob er jemals wieder Frieden finden kann. Doch wenn Ranger ihn mit seinen treuen Augen ansieht, spürt Cole, dass es Hoffnung gibt. Ihre täglichen Rituale, das gemeinsame Arbeiten auf der Farm und die Abende, die sie zusammen am Feuer verbringen, schaffen eine Atmosphäre des Vertrauens. Cole spricht manchmal mit Ranger, als wäre er ein Mensch, und erzählt ihm von seinen Ängsten und Sorgen. Ranger reagiert darauf mit einem leisen Bellen oder indem er sich näher zu Cole kuschelt, was ihm Trost und Sicherheit gibt.

Die Idylle wird jedoch durch die drohende Gefahr des mexikanischen Kartells gestört. Die Entdeckung der frischen Spuren auf seinem Land weckt in Cole Erinnerungen an die Brutalität, die er einst im Krieg erlebt hat. Ranger spürt die Veränderung in der Luft, und seine Reaktionen werden nervöser. Er bellt oft in die Dunkelheit, als würde er die Bedrohung erahnen, die sich über das Tal legt. Diese Momente verstärken Coles Entschlossenheit, nicht nur für sich selbst, sondern auch für seine Nachbarn zu kämpfen. Ranger wird zum Symbol für den Kampfgeist, den Cole in sich trägt. Wenn er an die bevorstehenden Herausforderungen denkt, fühlt er sich durch die Loyalität seines Hundes gestärkt.

Die Interaktionen zwischen Cole und Ranger verleihen der Geschichte eine menschliche Note. Wenn Cole am Abend nach einem langen Tag auf der Farm erschöpft auf der Veranda sitzt, legt Ranger seinen Kopf auf Coles Knie und sieht ihn mit einem Blick an, der alles sagt. In diesen Augenblicken wird Cole klar, wie wichtig Vertrauen und Loyalität in Zeiten der Unsicherheit sind. Ranger ist nicht nur ein Begleiter, sondern auch ein Teil von Coles Identität. Er erinnert ihn daran, dass er nicht nur für sich selbst, sondern auch für die Gemeinschaft kämpfen muss. Die Gedanken an seine Nachbarn, die ebenfalls unter der Bedrohung leiden, werden durch die Präsenz von Ranger verstärkt. Cole weiß, dass er nicht nur für seine eigene Sicherheit verantwortlich ist, sondern auch für die Menschen, die ihm am Herzen liegen.

Während Cole sich auf die bevorstehenden Herausforderungen vorbereitet, wird ihm bewusst, dass Ranger eine entscheidende Rolle in seinem Plan spielen wird. Der Hund ist nicht nur ein Wächter, sondern auch ein Verbündeter, der ihm helfen kann, die Gefahren zu erkennen, bevor sie zu einer Bedrohung werden. Die Bindung zwischen Cole und Ranger wird zu einem wichtigen Element der Geschichte, das zeigt, wie tief Loyalität und Freundschaft in schwierigen Zeiten verwurzelt sind. Diese Verbindung wird in den kommenden Konflikten auf die Probe gestellt, und Cole muss lernen, dass wahre Stärke nicht nur im Kampf, sondern auch in der Fähigkeit liegt, sich auf andere zu verlassen.

## 1.3 Erste Anzeichen der Bedrohung

Gerade als die letzten Strahlen der Sonne hinter den Bergen verschwanden, entdeckte Cole Barrett auf seinem Grundstück frische Spuren. Die Abdrücke schwerer Reifen im weichen Boden waren ein schockierender Anblick, der seine Idylle in Frage stellte. Ein kalter Schauer lief ihm über den Rücken, während Erinnerungen an die Brutalität des Krieges in seinen Gedanken aufstiegen. Die ruhige Landschaft des Ash Valley, die ihn einst so sehr beruhigt hatte, verwandelte sich in ein unheimliches Terrain, das von drohender Gefahr durchzogen war.

Mit jedem Schritt, den er näher an die Spuren herantrat, spürte Cole, wie sich seine militärischen Instinkte wieder regten. Er kniete nieder und untersuchte die Abdrücke genauer. Sie waren frisch, und die Größe der Reifen ließ keinen Zweifel daran, dass sie von einem großen Fahrzeug stammten – möglicherweise einem Lieferwagen oder einem gepanzerten Fahrzeug. Der Gedanke, dass das mexikanische Kartell nun auch vor seiner Tür stand, ließ sein Herz schneller schlagen. Es war nicht nur sein Leben, das auf dem Spiel stand; es war das Leben seiner Nachbarn, seiner Freunde, die in diesem friedlichen Tal lebten.

In der Ferne hörte er das vertraute Bellen seines treuen Hundes Ranger, der aufgeregt umherlief. Der Hund spürte die Veränderung in der Luft, die drohende Gefahr, die sich über das Tal legte. Cole wandte sich um und sah Ranger an, der mit seinen intelligenten Augen zu ihm aufblickte. "Wir müssen vorsichtig sein, Junge", murmelte Cole, während er sich aufrichtete und einen Blick über das weite Land warf. Die Schönheit der Colorado-Landschaft, die ihn immer getröstet hatte, schien jetzt wie eine trügerische Fassade, hinter der sich das Unheil verbarg.

Er erinnerte sich an die Worte seiner Nachbarin Emma Harlow, die ihn vor den brutalen Machenschaften des Kartells gewarnt hatte. Ihre eindringliche Stimme hallte in seinem Kopf wider: "Cole, das Kartell kennt keine Gnade. Sie werden alles tun, um zu bekommen, was sie wollen." Diese Warnung war kein leeres Geschwätz; sie war eine Realität, die sich nun vor seinen Augen entfaltete. Cole fühlte sich in die Zeit zurückversetzt, als er in den Krieg zog, als er für sein Leben und das seiner Kameraden kämpfte. Jetzt war er wieder in dieser Position, aber diesmal war es nicht nur sein eigenes Leben, das auf dem Spiel stand.

Die Spannung in der Luft war greifbar, und Cole wusste, dass er handeln musste. Er konnte nicht einfach zusehen, wie das Kartell seine Heimat übernahm. Sein Verstand ratterte, während er über die nächsten Schritte nachdachte. Sollte er die anderen Dorfbewohner warnen? Sollten sie sich zusammenschließen, um gegen die Bedrohung zu kämpfen? Die Verantwortung, die er für seine Gemeinschaft fühlte, wuchs mit jeder Sekunde, die verging. Er hatte die Pflicht, sie zu schützen, und das würde er auch tun.

"Ranger, wir müssen Emma und die anderen warnen", sagte Cole entschlossen, während er sich auf den Weg zur Farm seiner Nachbarin machte. Der Gedanke, dass er seine Freunde und Nachbarn in Gefahr sehen könnte, trieb ihn an. In seinem Inneren brannte eine Flamme der Entschlossenheit, die ihn nicht mehr loslassen würde. Er würde nicht zulassen, dass die Dunkelheit das Ash Valley verschlang.

Als er die Farm von Emma erreichte, war die Nacht bereits hereingebrochen. Die Sterne funkelten am Himmel, aber die Dunkelheit fühlte sich bedrohlich an. Cole klopfte an die Tür, und Emma öffnete sie sofort, ihre Augen weiteten sich vor Besorgnis. "Cole, was ist los? Du siehst aus, als hättest du einen Geist gesehen."

"Es gibt frische Spuren auf meinem Land", erklärte Cole hastig. "Das Kartell ist hier, und wir müssen uns vorbereiten." Emmas Gesichtsausdruck veränderte sich sofort von Besorgnis zu Entschlossenheit. "Wir müssen die anderen zusammenrufen", sagte sie und nickte. "Wenn wir gemeinsam stehen, können wir ihnen die Stirn bieten."

In diesem Moment wusste Cole, dass die Idylle, die er so lange gesucht hatte, in Gefahr war. Aber gleichzeitig spürte er eine neue Hoffnung, die in ihm aufkeimte. Die Gemeinschaft, die er so sehr schätzte, war bereit, sich zu wehren. Doch die Dunkelheit, die über dem Tal schwebte, war noch lange nicht besiegt. Die bevorstehenden Kämpfe würden alles verändern, und Cole war bereit, alles zu riskieren, um seine Heimat zu verteidigen.

"Wir müssen schnell handeln", sagte Cole, während er sich mit Emma auf den Weg machte, um die anderen zu warnen. Die Nacht war still, aber in der Stille lag eine unheilvolle Vorahnung. Der Kampf um das Ash Valley hatte gerade erst begonnen.

# 2
# Dunkle Wolken über dem Tal

## 2.1 Frische Spuren auf Coles Land

Die ersten Strahlen der Morgensonne durchbrachen den Horizont und hüllten das Ash Valley in ein sanftes, goldenes Licht. Cole Barrett stand am Rand seiner Farm und betrachtete die Weite seines Landes. Die Stille um ihn herum war ein vertrauter Trost, doch heute schien etwas anders zu sein. Ein mulmiges Gefühl hatte sich in seinem Magen eingenistet, als er die frischen Spuren schwerer Fahrzeuge entdeckte, die sich durch den Staub der Erde zogen. Sie führten direkt über sein Grundstück und ließen keinen Zweifel daran, dass hier etwas nicht stimmte.

Mit einem tiefen Atemzug kniete Cole nieder, um die Abdrücke genauer zu betrachten. Sie waren frisch, fast so, als wären sie erst in der letzten Nacht hinterlassen worden. Sein Herz schlug schneller, während Erinnerungen an seine Zeit als Elite-Soldat in ihm hochkamen. Die Spuren waren ein klarer Hinweis auf eine drohende Gefahr, und das Gefühl der Alarmbereitschaft überkam ihn. Es war nicht das erste Mal, dass er sich mit Bedrohungen konfrontiert sah, aber diesmal war es anders. Diesmal ging es nicht nur um ihn, sondern auch um seine Nachbarn und die Gemeinschaft, die er in den letzten Jahren aufgebaut hatte.

"Ranger", rief er seinen treuen Hund, der sich neben ihm auf dem Boden wälzte. Der deutsche Schäferhund sprang sofort auf und kam an Cole heran, seine Ohren aufgestellt und die Schnauze in die Luft gereckt. "Wir müssen herausfinden, was hier vor sich geht." Cole spürte, wie sich seine Entschlossenheit festigte. Er konnte nicht einfach tatenlos zusehen, während sich eine Bedrohung näherte. Es war an der Zeit, seine Nachbarn zu warnen und sie auf die drohende Gefahr aufmerksam zu machen.

Er machte sich auf den Weg zur nächsten Farm, die nicht weit entfernt lag. Auf dem Weg dorthin dachte er an Emma Harlow, seine Nachbarin, die immer ein offenes Ohr für die Sorgen der Dorfbewohner hatte. Sie war eine starke Frau, die in der Lage war, die Gemeinschaft zusammenzuhalten. Cole wusste, dass er sie zuerst informieren musste. Als er ihr Haus erreichte, klopfte er hastig an die Tür. "Emma!", rief er, während er aufgeregt von einem Fuß auf den anderen trat.

Nach einem kurzen Moment öffnete Emma die Tür. Ihr Gesicht war besorgt, als sie Cole sah. "Cole, was ist los? Du siehst aus, als hättest du einen Geist gesehen."

"Es gibt frische Spuren auf meinem Land", erklärte Cole hastig. "Ich glaube, das Kartell ist näher, als wir denken. Wir müssen die anderen warnen."

Emmas Augen weiteten sich, und sie trat einen Schritt zurück, um ihn hereinzulassen. "Komm rein, wir müssen darüber reden." Cole folgte ihr in die Küche, wo der Duft von frisch gebrühtem Kaffee in der Luft lag. Emma setzte sich an den Tisch und sah ihn eindringlich an. "Bist du dir sicher? Was, wenn es nur ein paar Betrunkene waren, die durch unser Land gefahren sind?"

"Das glaube ich nicht", antwortete Cole und schüttelte den Kopf. "Ich kenne die Spuren, und sie sind zu tief und zu breit. Das sind keine normalen Fahrzeuge. Es könnte sich um das Kartell handeln, das versucht, unsere Farmen zu übernehmen."

Emma nickte langsam, während sie über seine Worte nachdachte. "Wenn das wahr ist, müssen wir alle zusammenkommen. Wir können nicht zulassen, dass sie uns einschüchtern."

"Genau", sagte Cole und spürte, wie sich ein Funke der Hoffnung in ihm regte. "Wir müssen die anderen Farmer zusammenrufen und einen Plan schmieden. Wenn wir zusammenarbeiten, können wir uns verteidigen."

Die beiden begannen, eine Liste der Nachbarn zu erstellen, die sie warnen mussten. Cole konnte das Gefühl der Unruhe in der Luft spüren, als sie die Namen aufschrieben. Die Idylle des Ash Valley, die er so lange genossen hatte, schien sich in einen Albtraum zu verwandeln. Doch er wusste, dass er nicht allein war. Die Gemeinschaft würde sich zusammenschließen, um ihre Heimat zu verteidigen.

"Wir müssen schnell handeln", sagte Cole entschlossen. "Wenn wir jetzt nichts tun, könnte es zu spät sein."

Emma nickte und griff nach ihrem Handy. "Ich werde die anderen anrufen. Lass uns sicherstellen, dass jeder weiß, was auf dem Spiel steht."

Während sie telefonierte, sah Cole aus dem Fenster auf die Weiten seines Landes. Die Schönheit der Colorado-Landschaft war nach wie vor atemberaubend, aber die dunklen Vorahnungen, die über dem Tal schwebten, ließen ihn nicht los. Er wusste, dass das Leben im Ash Valley von Frieden zu Chaos übergehen konnte, und er war entschlossen, alles zu tun, um seine Farm und seine Nachbarn zu schützen.

"Wir müssen strategisch denken", murmelte er, während er über mögliche Verteidigungsmaßnahmen nachdachte. "Wir brauchen Fallen, sichere Orte und einen Plan, um sie abzuwehren."

In diesem Moment wurde ihm klar, dass er nicht nur für sich selbst kämpfte, sondern für die gesamte Gemeinschaft. Die Verantwortung lastete schwer auf seinen Schultern, aber er war bereit, alles zu geben, um das zu verteidigen, was ihm lieb war. Das Kartell würde nicht gewinnen, nicht solange er noch stand.

## 2.2 Emmas Warnung über das Kartell

Die Berge hatten die Sonne bereits verschluckt, als Emma Harlow Cole auf seinem Feld entdeckte. Der Himmel war in ein tiefes Blau getaucht, das mit den letzten Strahlen des Tages verschmolz. Doch die friedliche Szenerie konnte die Unruhe in Emmas Herzen nicht verbergen. Sie hatte von den Machenschaften des Kartells gehört, und die Worte der anderen Dorfbewohner hallten in ihrem Kopf wider. "Sie kommen näher, Cole. Wir müssen uns vorbereiten."

Emma trat näher, ihre Augen fest auf Coles Gesicht gerichtet. "Ich habe gesehen, wie sie sich bewegen. Die Fahrzeuge, die Männer – sie sind überall. Es ist nicht nur Gerede mehr. Das Kartell ist real, und sie haben kein Mitleid." Ihre Stimme war eindringlich, durchdrungen von einer Besorgnis, die sie nicht länger zurückhalten konnte. Cole, der bisher in seiner Einsamkeit gefangen war, spürte, wie sich eine Welle der Entschlossenheit in ihm regte.

"Ich weiß, Emma. Ich habe die Spuren gesehen. Sie sind auf meinem Land." Cole warf einen Blick auf den Boden, wo die frischen Reifenspuren noch deutlich zu erkennen waren. "Aber was kann ich tun? Ich bin nur ein Farmer."

"Du bist mehr als das", entgegnete Emma mit Nachdruck. "Du bist ein Veteran, Cole. Du hast für dein Land gekämpft, und jetzt musst du für deine Gemeinschaft kämpfen. Wenn wir nichts unternehmen, werden sie uns alles nehmen, was wir haben." Ihre Augen blitzten vor Entschlossenheit, und Cole konnte die Wahrheit in ihren Worten spüren. Es war nicht nur seine Farm, die in Gefahr war; es war das gesamte Ash Valley.

Die Dunkelheit legte sich über das Tal, und mit ihr kam die Angst. Emma sprach weiter, ihre Stimme fest und klar. "Wir müssen die anderen warnen. Wir müssen zusammenarbeiten. Wenn wir uns nicht zusammenschließen, werden wir fallen. Ich habe nie geglaubt, dass ich so etwas sagen würde, aber wir müssen uns wappnen. Es ist Zeit, dass wir uns zusammentun und diese Bedrohung bekämpfen."

Coles Gedanken rasten. Er dachte an seine Zeit im Militär, an die Kameradschaft, die er dort erlebt hatte. "Du hast recht, Emma. Ich kann nicht einfach zusehen, wie sie uns angreifen. Aber wie können wir das schaffen? Ich habe nicht die Ressourcen, um gegen sie zu kämpfen."

"Wir müssen die anderen Farmer mobilisieren", schlug Emma vor. "Wir müssen ihnen die Wahrheit sagen. Wenn wir uns zusammentun, können wir vielleicht etwas bewirken. Wir müssen unsere Differenzen beiseitelegen und als Gemeinschaft auftreten."

Die Vorstellung, dass die Dorfbewohner zusammenarbeiten könnten, erfüllte Cole mit einem Gefühl der Hoffnung. Vielleicht war es möglich, die Gemeinschaft zu vereinen, bevor es zu spät war. "Ich werde mit ihnen sprechen", sagte er schließlich, seine Stimme fest. "Ich werde sie warnen. Wir müssen vorbereitet sein."

Emma nickte, und in diesem Moment spürte Cole eine Verbindung zwischen ihnen, die über Nachbarn hinausging. Es war die Verbindung von Menschen, die bereit waren, für das zu kämpfen, was ihnen wichtig war. "Danke, Emma. Deine Worte haben mir die Augen geöffnet. Ich werde nicht zulassen, dass sie uns auseinanderreißen."

"Das ist der Geist, Cole", antwortete sie und lächelte leicht. "Wir müssen stark sein, und wir müssen zusammenhalten. Es wird nicht einfach, aber ich glaube an uns."

Als sie sich trennten, fühlte Cole eine neue Entschlossenheit in sich aufsteigen. Die Dunkelheit um ihn herum schien nicht mehr so bedrohlich, und die Schönheit des Ash Valley strahlte in einem neuen Licht. Er wusste, dass er für mehr als nur sich selbst kämpfte. Er kämpfte für die Gemeinschaft, für die Menschen, die ihm am Herzen lagen. Und das gab ihm die Kraft, die er brauchte, um sich dem bevorstehenden Sturm zu stellen.

## 2.3 Die Ungewissheit wächst

Ein sanfter Schleier der Dämmerung legte sich über das Ash Valley, begleitet von einer bedrückenden Stille, die nur durch das leise Murmeln der Natur unterbrochen wurde. Inmitten dieser Idylle schwebte jedoch eine unterschwellige Angst, die wie ein Schatten über der Gemeinschaft lag. Die Dorfbewohner, einst vereint in ihren alltäglichen Sorgen und Freuden, begannen, die Bedrohung durch das Kartell ernst zu nehmen. Es war nicht mehr bloß ein Gerücht oder eine ferne Gefahr; es war real und nah. Cole Barrett spürte diese Veränderung in der Luft, während er auf seiner Farm stand und den Blick über die weiten Felder schweifen ließ.

Sein treuer Hund Ranger lag zu seinen Füßen, doch selbst der Schäferhund wirkte unruhig. Coles Gedanken wanderten zu Emma Harlow, die ihm von den Machenschaften des Kartells berichtet hatte. Ihre Warnungen hallten in seinem Kopf wider, während er versuchte, die Furcht zu verdrängen, die in ihm aufstieg. Der innere Konflikt zwischen seiner Vergangenheit als Soldat und seiner gegenwärtigen Rolle als Beschützer wurde intensiver. Er hatte gelernt, in den Kämpfen zu überleben, doch nun war er in einem anderen Krieg gefangen – einem, der nicht nur um sein eigenes Überleben ging, sondern um das seiner Nachbarn und Freunde.

Die Dorfbewohner versammelten sich in der kleinen Kirche des Tals, um über die Bedrohung zu diskutieren. Die Atmosphäre war angespannt, jeder spürte die Ungewissheit, die wie ein dunkler Vorhang über ihnen hing. Coles Herz schlug schneller, als er den Raum betrat. Gesichter, die einst voller Hoffnung waren, waren jetzt von Sorgen gezeichnet. "Wir müssen etwas tun", hörte er Emma sagen, ihre Stimme fest und klar. "Wir können nicht einfach abwarten, bis sie kommen."

Coles Gedanken rasten. Er wusste, dass Emma recht hatte. Doch was konnte er tun? Die Erinnerungen an seine Zeit im Militär kamen zurück – die Einsätze, die Kameradschaft, die Entscheidungen, die über Leben und Tod entschieden. Er hatte gelernt, dass man nicht allein kämpfen konnte. Die Gemeinschaft musste zusammenstehen, um stark zu sein. Doch wie konnte er sie überzeugen, ihre Differenzen zu überwinden und sich gegen die äußere Bedrohung zu verteidigen?

"Wir sind Farmer, keine Soldaten", murmelte jemand aus der Menge. Diese Worte schnitten durch die Luft wie ein scharfer Dolch. Cole fühlte, wie die Entschlossenheit in ihm wuchs. "Aber wir sind auch Menschen, die für das kämpfen, was uns wichtig ist", entgegnete er, seine Stimme fest und voller Überzeugung. "Wir müssen uns zusammenschließen. Wir müssen uns gegenseitig schützen."

Die Diskussion nahm Fahrt auf, und während die Stimmen erhoben wurden, spürte Cole, wie sich eine Welle der Entschlossenheit durch den Raum zog. Die Menschen begannen, ihre Ängste abzulegen und sich auf das Wesentliche zu konzentrieren: ihre Gemeinschaft. Die Ungewissheit, die sie alle fühlten, wurde zur treibenden Kraft, die sie zusammenschweißte. Sie waren nicht länger nur Nachbarn; sie waren Verbündete in einem Kampf, der weit über ihre individuellen Ängste hinausging.

Als die Versammlung zu Ende ging, war Cole erleichtert, aber auch besorgt. Die Gemeinschaft hatte sich entschlossen, zusammenzuhalten, doch die Herausforderung war enorm. Er wusste, dass sie sich auf einen bevorstehenden Sturm vorbereiten mussten. "Wir müssen uns vorbereiten", flüsterte er zu Ranger, der ihn mit seinen treuen Augen ansah. "Es wird nicht einfach werden."

In der Dunkelheit, die über das Tal hereinbrach, fühlte Cole eine drängende Notwendigkeit, Maßnahmen zu ergreifen. Die Zeit drängte, und er wusste, dass er nicht nur für sich selbst, sondern für alle kämpfen musste, die ihm am Herzen lagen. Der Druck, die Verantwortung, die auf seinen Schultern lastete, war schwer, doch er war bereit, sich dieser Herausforderung zu stellen. Die Dorfbewohner hatten den ersten Schritt gemacht, und nun war es an der Zeit, die nächsten Schritte zu planen. Die Ungewissheit würde nicht länger über ihnen schweben; sie würden ihr Schicksal selbst in die Hand nehmen.

Mit einem letzten Blick auf die Sterne, die über dem Ash Valley funkelten, machte sich Cole auf den Weg zurück zur Farm. Der Kampf stand bevor, und er war entschlossen, nicht nur zu überleben, sondern zu gewinnen. Die Gemeinschaft war bereit, und gemeinsam würden sie alles tun, um ihr Zuhause zu verteidigen.

# 3
## Verlust und Verantwortung

### 3.1 Bens tragische Attacke

Die Nachricht von Bens Übergriff trifft Cole wie ein unerwarteter Schlag. Es fühlt sich an, als würde der Boden unter seinen Füßen wegbrechen. Der Verlust eines Freundes, der auch Teil seiner militärischen Vergangenheit war, reißt alte Wunden auf, die er längst für geheilt hielt. Erinnerungen an gemeinsame Einsätze, an Momente des Lachens und der Kameradschaft überfluten ihn und vermischen sich mit der schmerzlichen Realität, dass Ben nun im Koma liegt, ein Opfer der Brutalität eines Kartells, das keine Gnade kennt.

In den stillen Morgenstunden, während die Sonne über den sanften Hügeln des Ash Valley aufgeht, sitzt Cole auf der Veranda seiner Farm. Ranger, sein treuer deutscher Schäferhund, liegt zu seinen Füßen und sieht ihn mit seinen intelligenten Augen an. Doch heute ist die Idylle, die ihn sonst so beruhigt, nur eine Fassade. Die Gedanken an Ben und die drohende Gefahr, die das Kartell mit sich bringt, nagen an ihm. Er fragt sich, ob er etwas hätte tun können, um seinen Freund zu schützen.

"Verdammtes Kartell", murmelt Cole und ballt die Fäuste. Der Zorn in ihm brodelt, und mit jedem Gedanken an Ben wird er stärker. Er erinnert sich an die Zeit, als sie zusammen in der Einheit "Specter" dienten, wie sie Seite an Seite kämpften, Brüder im Geiste. Ben war immer der Optimist, derjenige, der selbst in den dunkelsten Momenten einen Witz auf den Lippen hatte. Jetzt liegt er im Krankenhaus, und Cole fühlt sich machtlos.

Die Tragödie wird zum Katalysator für Coles Handlungen. Er weiß, dass er nicht einfach tatenlos zusehen kann, während das Kartell die Kontrolle über das Ash Valley übernimmt. Es ist nicht nur seine Farm, die in Gefahr ist; es sind die Menschen, die hier leben, die Nachbarn, die er beschützen möchte. Das Gefühl der Verantwortung drängt sich in den Vordergrund, und mit jedem Atemzug wird ihm klar, dass er handeln muss.

"Ich werde nicht zulassen, dass sie uns nehmen, was uns gehört", flüstert er entschlossen und schaut in die Ferne, wo die ersten Sonnenstrahlen die Berge erleuchten. In diesem Moment schwört er sich, dass er alles tun wird, um Ben zu helfen und seine Familie zu beschützen. Die Erinnerungen an ihre gemeinsamen Erlebnisse verstärken die Tragik des Verlustes und lassen ihn erkennen, dass er nicht nur für sich selbst kämpft, sondern für alle, die er liebt.

Die Tage vergehen, und die Nachrichten über Bens Zustand sind durchwachsen. Cole besucht ihn im Krankenhaus, wo die sterile Luft und das Piepen der Maschinen eine bedrückende Atmosphäre schaffen. Ben liegt regungslos da, sein Gesicht blass und von Schmerzen gezeichnet. Cole nimmt seine Hand und spürt die Kälte, die von ihm ausgeht. "Komm zurück, Bruder", sagt er leise, "wir brauchen dich hier." Tränen der Wut und der Frustration steigen ihm in die Augen, während er an die Ungewissheit denkt, die vor ihnen liegt.

Als er das Krankenhaus verlässt, wird ihm klar, dass er nicht länger warten kann. Die Zeit für Taten ist gekommen. Er muss seine alten Verbindungen reaktivieren, die Veteranen, die einst mit ihm gekämpft haben. Cole weiß, dass sie bereit sind, ihm zu helfen, wenn er sie ruft. Der Gedanke daran, ein Team zusammenzustellen, gibt ihm neuen Mut. Er kann die Erinnerungen an die Vergangenheit nicht ändern, aber er kann die Zukunft beeinflussen.

Die Nacht bricht herein, und mit ihr kommen die Schatten der Bedrohung. Cole kann die Dunkelheit spüren, die sich über das Tal legt, und er weiß, dass das Kartell nicht aufhören wird, bis sie alles genommen haben, was sie wollen. Doch er ist entschlossen, nicht aufzugeben. "Für Ben", denkt er, "und für alle, die hier leben." Diese Entschlossenheit brennt in ihm wie ein Feuer, das nicht erlöschen kann.

Die emotionale Tiefe dieser Situation wird durch Coles Erinnerungen an die gemeinsamen Erlebnisse mit Ben verstärkt. Jedes Lachen, jeder Kampf, jede Herausforderung, die sie gemeinsam gemeistert haben, wird zu einem Teil seines Antriebs. Er kann nicht zulassen, dass diese Erinnerungen nur Schatten in der Dunkelheit werden. Cole muss handeln, und er wird nicht ruhen, bis das Kartell besiegt ist und Ben wieder bei ihnen ist.

Mit einem letzten Blick auf die Farm, die ihm so viel bedeutet, macht sich Cole auf den Weg, um seine alten Kameraden zu versammeln. Die Nacht mag dunkel sein, aber in seinem Herzen brennt das Licht der Hoffnung. Er ist bereit, für das zu kämpfen, was richtig ist, und er wird nicht allein sein.

## 3.2 Cole nimmt Laura und Sam auf

Die Entscheidung, Laura und ihren Sohn Sam in sein Zuhause zu lassen, stellte Cole Barrett vor eine große Herausforderung. Am Fenster seiner bescheidenen Farm im Ash Valley stehend, beobachtete er, wie die Sonne hinter den Bergen verschwand. Die letzten Strahlen des Tages hüllten die Landschaft in ein warmes Licht, doch in seinem Inneren verspürte er eine Kälte, die die drohende Gefahr widerspiegelte. Es war nicht nur die Loyalität zu seinem Freund Ben, die ihn dazu bewog, Laura und Sam Schutz zu gewähren; es war auch das diffuse Gefühl der Verantwortung, das ihn schon lange begleitete.

Als Laura an die Tür klopfte, spürte Cole, wie sein Herz schneller schlug. Er öffnete die Tür und sah die Angst in ihren Augen. Sie war eine starke Frau, doch die Ereignisse der letzten Tage hatten sichtbare Spuren hinterlassen. Sam, der an ihrer Seite stand, wirkte still und nachdenklich, seine großen Augen schauten neugierig umher. Cole kniete sich hin, um auf Augenhöhe mit dem Jungen zu sein. "Hey, Sam", sagte er sanft, "alles wird gut. Ihr seid hier sicher."

Laura trat ein und schloss die Tür hinter sich. Der Raum war einfach, aber einladend. Cole hatte nie viel Wert auf Luxus gelegt, doch jetzt fühlte er, dass er mehr als nur einen sicheren Ort bieten musste. Er wollte, dass Laura und Sam sich hier wie zu Hause fühlten. "Ich kann euch helfen, solange ihr hier seid", versprach er, während er die beiden in die kleine Küche führte, wo der Duft von frisch gebrühtem Kaffee in der Luft lag.

"Das ist sehr nett von dir, Cole", antwortete Laura, ihre Stimme zitterte leicht. "Ich weiß nicht, was wir ohne dich tun würden." Ihre Dankbarkeit war spürbar, doch Cole konnte die Sorgen in ihren Augen nicht ignorieren. Er wusste, dass sie beide mit der Realität konfrontiert waren, dass die Sicherheit, die er bot, zerbrechlich war. Das Kartell war näher als je zuvor, und die Bedrohung hing wie ein Schatten über ihnen.

Während sie zusammen am Tisch saßen, beobachtete Cole Sam genauer. Der Junge war still, doch seine Augen schienen alles um ihn herum aufzusaugen. Er hatte eine bemerkenswerte Fähigkeit, Details zu bemerken, die anderen entgingen. Cole erinnerte sich an seine eigenen Tage im Militär, als das Beobachten und Analysieren von Situationen überlebenswichtig war. "Was denkst du, Sam? Was sollten wir tun, um sicher zu bleiben?" fragte Cole, um den Jungen in das Gespräch einzubeziehen.

Sam schaute auf und überlegte kurz. "Vielleicht sollten wir ein paar Fallen aufstellen? So wie die im Film, den ich gesehen habe", schlug er vor, seine Stimme wurde mutiger. Cole lächelte und nickte. "Das ist eine gute Idee. Wenn wir vorbereitet sind, können wir uns besser verteidigen." Diese Interaktion ließ Cole hoffen, dass Sam eine wichtige Rolle in den kommenden Tagen spielen könnte. Er war mehr als nur ein Junge; er war ein Teil von Coles Plan, um die Familie zu schützen.

Laura beobachtete die Dynamik zwischen Cole und Sam mit einem Hauch von Erleichterung. Es war wichtig, dass Sam eine positive männliche Figur in seinem Leben hatte, besonders in dieser chaotischen Zeit. "Ich hoffe, dass du Sam etwas beibringen kannst, Cole", sagte sie leise. "Er braucht jemanden, der ihm zeigt, wie man stark bleibt." Cole nickte, während er über die Verantwortung nachdachte, die er nun trug. Es war nicht nur seine eigene Sicherheit, die auf dem Spiel stand, sondern auch die von Laura und Sam.

Die Gespräche über Sicherheit und Verteidigung verwandelten sich in eine Art Strategie. Cole erklärte Sam, wie wichtig es war, aufmerksam zu sein und Gefahren frühzeitig zu erkennen. "Du musst immer wissen, wo du bist und was um dich herum passiert", sagte er. Sam hörte aufmerksam zu, und Cole konnte sehen, dass der Junge die Informationen aufnahm. Es war eine kleine, aber bedeutende Verbindung, die sich zwischen ihnen bildete, eine, die Cole in den kommenden Kämpfen stärken würde.

In den folgenden Tagen arbeiteten sie gemeinsam daran, die Farm vorzubereiten. Cole zeigte Sam, wie man einfache Fallen baut und die Umgebung sichert. Laura half, wo sie konnte, und während sie zusammenarbeiteten, entstand ein Gefühl der Normalität inmitten des Chaos. Doch in Cole schwelte die ständige Angst, dass die Idylle bald zerbrechen könnte. Die Dunkelheit des Kartells schien immer näher zu rücken, und er wusste, dass er alles tun musste, um die beiden zu beschützen.

Die Tage vergingen, und während die Vorbereitungen weitergingen, wurde Cole klar, dass er nicht nur für sich selbst kämpfte. Er kämpfte für die Zukunft von Sam, für die Hoffnung, die in den Augen des Jungen leuchtete. Und in diesem Kampf fand Cole eine neue Entschlossenheit, die ihn antreiben würde, egal, was kommen mochte.

### 3.3 Sam zeigt außergewöhnliche Fähigkeiten

Die letzten Strahlen der Sonne sanken langsam hinter den Horizont, während das Ash Valley in ein warmes, goldenes Licht getaucht wurde. Sam saß auf der Veranda und ließ seinen Blick über die Weiten der Farm schweifen, während Ranger, Coles treuer Hund, sich zu seinen Füßen ausstreckte. In diesem Augenblick war die Stille fast greifbar; es war nicht die Einsamkeit, die sie umgab, sondern die Vorahnung eines bevorstehenden Sturms. Cole beobachtete Sam aus dem Augenwinkel, während er mit einer Schaufel Erde arbeitete. In letzter Zeit war ihm aufgefallen, dass der Junge eine bemerkenswerte Fähigkeit zur Beobachtung entwickelte.

"Sam, was siehst du da drüben?" fragte Cole, als er die Schaufel ablegte und sich zu ihm umdrehte. Sam blickte auf, seine großen, neugierigen Augen funkelten im Licht der untergehenden Sonne. "Da, bei den Bäumen", antwortete er mit fester Stimme. "Ich habe etwas gesehen, das sich bewegt hat. Es war schnell, vielleicht ein Tier, aber ich glaube, es war mehr." Coles Herz schlug schneller. In Sam erkannte er nicht nur einen Jungen, sondern einen potenziellen Verbündeten, der vielleicht entscheidend für den bevorstehenden Konflikt sein könnte.

"Du hast gut aufgepasst, Sam", lobte Cole und setzte sich neben ihn. "Es ist wichtig, dass wir immer wachsam sind. Die Welt draußen ist nicht so sicher, wie sie scheint." Sam nickte ernsthaft, und Cole konnte die Entschlossenheit in seinem Blick sehen. In diesem Moment wurde Cole klar, dass er nicht nur für sich selbst kämpfte, sondern auch für die nächste Generation. Sam war mehr als nur das Kind eines Freundes; er war ein Teil der Zukunft, die Cole schützen wollte.

Die Beziehung zwischen Cole und Sam vertiefte sich in den folgenden Tagen. Cole begann, Sam in die Vorbereitungen für den bevorstehenden Konflikt einzubeziehen. Er zeigte ihm, wie man die Umgebung beobachtet, wie man Spuren liest und wie man die Geräusche der Natur interpretiert. Sam saugte alles auf wie ein Schwamm. Er stellte Fragen, die Cole zum Nachdenken brachten, und seine Neugierde schien unendlich zu sein. Es war, als würde Cole nicht nur einen Jungen unterrichten, sondern auch seine eigene Menschlichkeit zurückgewinnen, die durch die Einsamkeit und den Krieg verwundet worden war.

"Weißt du, Sam", begann Cole eines Abends, während sie zusammen am Feuer saßen, "manchmal ist es nicht die Stärke eines Mannes, die zählt, sondern seine Fähigkeit, zuzuhören und zu beobachten. Du hast ein Talent dafür, und das könnte uns in der kommenden Zeit helfen." Sam schaute auf, seine Augen leuchteten vor Begeisterung. "Wirst du mir helfen, es zu verbessern?" fragte er. Cole nickte. "Ja, ich werde alles tun, um dich darauf vorzubereiten."

Die Tage vergingen, und die Vorbereitungen für den unvermeidlichen Konflikt intensivierten sich. Cole fühlte sich durch die Verbindung zu Sam gestärkt. Der Junge war nicht nur ein Symbol der Hoffnung, sondern auch ein Antrieb für Coles Entschlossenheit, die Gemeinschaft zu verteidigen. Er erinnerte sich an die Worte seines alten Kommandanten: "Ein Soldat kämpft nicht nur für sich selbst, sondern für die, die er liebt." Und jetzt hatte er jemanden, für den er kämpfen konnte – Sam und die gesamte Gemeinschaft.

Als die ersten Anzeichen eines Angriffs des Kartells sichtbar wurden, war Cole bereit. Er wusste, dass Sam eine Schlüsselrolle spielen könnte. Mit jedem Tag, den sie zusammen verbrachten, wuchs nicht nur Sams Wissen, sondern auch seine Zuversicht. Cole sah, wie der Junge sich veränderte – von einem unsicheren Kind zu einem mutigen jungen Mann, der bereit war, sich den Herausforderungen zu stellen.

"Wenn die Zeit kommt, Sam, musst du stark sein", sagte Cole, als sie sich auf den bevorstehenden Konflikt vorbereiteten. "Du bist ein Teil dieser Gemeinschaft, und wir alle müssen zusammenhalten." Sam nickte, und in diesem Moment war Cole sich sicher, dass sie gemeinsam stark genug waren, um die Dunkelheit zu besiegen, die über dem Tal schwebte.

Mit einem Gefühl der Hoffnung und der Möglichkeit, dass Sam eine Schlüsselrolle im bevorstehenden Kampf spielen könnte, endete der Tag. Die Sterne funkelten am Himmel, und während Cole und Sam auf die Weiten der Farm blickten, spürten sie beide, dass sie nicht allein waren. Sie hatten einander, und das war der erste Schritt, um die Dunkelheit zu besiegen, die sich näherte.

# 4
## Alte Krieger, neue Allianzen

### 4.1 Die Zusammenstellung des Teams

Der Horizont glühte in warmen, goldenen Tönen, während die Sonne sich langsam senkte und das Ash Valley in ein sanftes Licht tauchte. Auf der Veranda seiner Farm saß Cole Barrett, die Hände um eine dampfende Tasse Kaffee geschlungen. Zu seinen Füßen lag Ranger, sein treuer deutscher Schäferhund, aufmerksam die Umgebung beobachtend. Doch hinter dieser Idylle verbarg sich eine trügerische Realität. Frische Spuren schwerer Fahrzeuge auf seinem Land hatten Erinnerungen und Emotionen in Cole geweckt, die er lange Zeit tief vergraben hatte. Es war an der Zeit, zu handeln.

Die Gedanken an seine militärische Vergangenheit drängten sich in den Vordergrund. Disziplin, Kameradschaft und unerschütterliche Loyalität, die er einst mit seinen Teamkameraden geteilt hatte, waren nicht einfach vergessen. Diese Loyalität trieb ihn jetzt an, als er über die drohende Gefahr nachdachte, die das mexikanische Kartell über seine Gemeinschaft brachte. "Ich kann das nicht alleine schaffen", murmelte er leise und blickte auf die weiten Felder, die er so sehr liebte.

Mit einem entschlossenen Nicken stand Cole auf und ging ins Haus. Er wusste, dass er sein ehemaliges Team zusammenstellen musste – Männer, die bereit waren, für ihre Gemeinschaft zu kämpfen. Jeder von ihnen hatte einzigartige Fähigkeiten, die in der bevorstehenden Auseinandersetzung entscheidend sein könnten. Es war nicht nur eine strategische Entscheidung; es war auch eine emotionale Rückkehr zu alten Zeiten, die Coles Herz schwer machten.

Er griff zum Telefon und wählte die Nummer von Logan "Hawk" Monroe, dem Scharfschützen seines Teams. "Logan, ich brauche dich. Es gibt Probleme hier im Valley, und ich kann das nicht alleine bewältigen", sagte Cole, während er den Blick über die Felder schweifen ließ. Logan war schnell bereit, seine Hilfe anzubieten. "Ich bin in einer Stunde da", antwortete er. Cole fühlte sich erleichtert. Der erste Schritt war getan.

Als nächstes dachte er an Owen "Blast" Carter, den Sprengstoffexperten. Owen hatte immer einen kreativen Ansatz, wenn es darum ging, Probleme zu lösen. "Blast, ich brauche deine Expertise. Das Kartell wird nicht einfach verschwinden", erklärte Cole, und Owen stimmte sofort zu. "Ich bringe einige Überraschungen mit", versprach er. Cole konnte sich ein Lächeln nicht verkneifen. Die Dynamik, die Owen mitbrachte, würde wertvoll sein.

Die nächste Nummer, die er wählte, war die von Ethan "Whisper" Reed, dem Kommunikationsexperten. Ethan hatte ein Talent dafür, Informationen zu sammeln und zu analysieren. "Ethan, wir müssen unsere Strategie überdenken. Das Kartell ist näher, als wir dachten", sagte Cole. "Ich bin dabei, Cole. Lass uns das Ding durchziehen", antwortete Ethan mit seiner typischen ruhigen Stimme. Cole spürte, wie die Anspannung in seinem Körper etwas nachließ.

Schließlich rief er Miles "Doc" Brennan an, den Sanitäter des Teams. "Doc, ich hoffe, du bist bereit, wieder in den Einsatz zu gehen. Wir werden Unterstützung brauchen, und ich möchte, dass du dabei bist", sagte Cole. "Ich bin schon auf dem Weg, Cole. Ich habe alles gepackt", antwortete Doc, und Cole konnte die Entschlossenheit in seiner Stimme hören.

Als er das Telefonat beendet hatte, fühlte Cole eine Welle der Erleichterung. Die Männer, die er angerufen hatte, waren nicht nur Veteranen; sie waren Brüder im Geiste, die bereit waren, alles zu riskieren, um ihre Gemeinschaft zu schützen. Die Erinnerungen an vergangene Kämpfe und die Momente, die sie miteinander geteilt hatten, kamen zurück. Es war mehr als nur ein Kampf um das Land; es war ein Kampf um das, was sie liebten.

Die Vorbereitungen begannen, und Cole stellte fest, dass die unterschiedlichen Fähigkeiten und Persönlichkeiten der Veteranen neue Dynamiken in die Geschichte bringen würden. Während sie sich auf den bevorstehenden Konflikt vorbereiteten, spürte Cole, wie die alte Kameradschaft zurückkehrte. Es war eine Allianz, die zur Grundlage für die Verteidigung des Ash Valley werden würde.

Die Sonne war inzwischen hinter den Bergen verschwunden, und die Dunkelheit legte sich über das Tal. Cole blickte auf die Farm, die er so lange beschützt hatte. Er wusste, dass der Kampf vor der Tür stand, aber mit seinen alten Freunden an seiner Seite fühlte er sich bereit, sich der Herausforderung zu stellen. "Wir werden nicht aufgeben", murmelte er und sah Ranger an, der ihm treu zur Seite stand. "Wir kämpfen für unser Zuhause."

## 4.2 Erinnerungen an vergangene Kämpfe

In der alten Scheune versammelten sich die Veteranen, deren Wände von der Zeit und den Spuren vergangener Kämpfe gezeichnet waren. Das Licht der untergehenden Sonne drang durch die Ritzen und malte schattenhafte Muster auf den Boden. Am Kopf des langen Tisches saß Cole Barrett, umgeben von seinen ehemaligen Kameraden, die ihm einst im Kampf zur Seite gestanden hatten. Jeder von ihnen trug die Narben ihrer Vergangenheit, sowohl sichtbar als auch unsichtbar. In diesem Moment war es nicht nur eine Versammlung von Männern, sondern eine Wiederbelebung von Brüderschaft und Loyalität.

"Erinnert ihr euch an den Einsatz in Afghanistan?", begann Logan "Hawk" Monroe, der Scharfschütze des Teams. Seine Stimme war fest, doch die Erinnerungen schienen ihn für einen Moment zu überwältigen. "Wir hatten keine Ahnung, was uns erwartete. Es war wie ein Schatten, der über uns schwebte, immer bereit zuzuschlagen." Ein kollektives Nicken ging durch den Raum, als jeder in seine eigenen Gedanken versank. Die Bilder von Staub, Explosionen und dem Geruch von verbranntem Metall schossen durch ihre Köpfe.

"Ich erinnere mich an das Geräusch der Granaten", fügte Owen "Blast" Carter hinzu, der Sprengstoffexperte. "Es war ohrenbetäubend. Aber noch schlimmer war das Gefühl, dass wir jederzeit alles verlieren konnten – unsere Freunde, unsere Freiheit, unser Leben. Wir mussten zusammenhalten, um zu überleben." Sein Blick wanderte zu Cole, der in Gedanken versunken war. Cole wusste, dass diese Erinnerungen nicht nur schmerzhaft waren, sondern auch eine Verbindung zu dem schufen, was sie jetzt vorhatten.

"Und doch haben wir es geschafft", sagte Ethan "Whisper" Reed, der Kommunikationsexperte, mit einem Hauch von Stolz in der Stimme. "Wir haben uns gegenseitig beschützt. Das ist es, was uns hierher bringt. Wir kämpfen nicht nur für uns selbst, sondern auch für die, die wir zurückgelassen haben." Diese Worte hallten in der Scheune wider und ließen die Anspannung in der Luft spürbar werden. Jeder wusste, dass sie bald wieder kämpfen würden, und die Erinnerungen an vergangene Kämpfe schärften ihren Fokus.

"Es ist nicht nur der Kampf, der uns vereint", murmelte Miles "Doc" Brennan, der Sanitäter, während er seine Hände über die Tischkante gleiten ließ. "Es sind die Verluste, die wir erlitten haben. Der Verlust von Freunden, von Träumen. Ich kann immer noch die Gesichter der Männer sehen, die ich nicht retten konnte. Es verfolgt mich." Seine Stimme war leise, aber die Emotionen waren stark. Die anderen Veteranen sahen ihn an, und in ihren Augen spiegelte sich das Verständnis für seinen Schmerz.

Cole sagte schließlich: "Wir haben uns immer wieder aufgerappelt. Jeder von uns hat Kämpfe ausgefochten, die niemand sonst sehen kann. Aber jetzt ist es an der Zeit, dass wir für etwas Größeres kämpfen. Für unsere Gemeinschaft. Für die Menschen, die wir lieben." Die Worte, die er sprach, waren nicht nur eine Aufforderung zum Handeln, sondern auch ein Versprechen, dass sie nicht allein waren. Gemeinsam waren sie stark.

"Wir müssen uns daran erinnern, was wir alles überstanden haben", sagte Hawk und sah jeden Einzelnen an. "Das gibt uns die Kraft, die wir brauchen, um gegen das Kartell zu kämpfen. Wir haben es schon einmal geschafft, und wir können es wieder tun." Ein Gefühl der Entschlossenheit breitete sich in der Gruppe aus, als sie sich gegenseitig in die Augen sahen. Sie waren nicht mehr nur Soldaten; sie waren Brüder, die bereit waren, alles zu riskieren, um ihre Heimat zu verteidigen.

"Wir sind hier, um zu kämpfen, nicht nur für uns selbst, sondern für alle, die uns brauchen", fügte Cole hinzu. "Lasst uns die Erinnerungen an unsere vergangenen Kämpfe nutzen, um uns zu motivieren. Lasst uns zeigen, dass wir nicht aufgeben werden." Die Veteranen nickten zustimmend, und die Atmosphäre war von einer neuen Energie durchzogen. Sie waren bereit, sich dem bevorstehenden Sturm zu stellen, und nichts würde sie aufhalten.

In diesem Moment, umgeben von alten Freunden und gemeinsamen Erinnerungen, fühlte Cole, wie die Last seiner Vergangenheit leichter wurde. Sie hatten gekämpft, verloren und überlebt. Jetzt war es an der Zeit, für die Zukunft zu kämpfen – für das Ash Valley und die Menschen, die darin lebten. Die Dringlichkeit ihrer Situation war klar, und die Bindung zwischen ihnen war stärker denn je. Gemeinsam würden sie die Dunkelheit besiegen.

## 4.3 Strategische Vorbereitungen für den Konflikt

Ein sanftes, goldenes Licht hüllte das Ash Valley ein, während die Sonne dem Horizont entgegenwanderte. In der Luft lag jedoch eine gespannte Erwartung, die selbst die friedlichen Klänge der Natur übertönte. Cole Barrett und sein Team von Veteranen hatten sich in der alten Scheune versammelt, die nun als strategisches Hauptquartier diente. Der Raum war durchzogen von Erinnerungen an vergangene Kämpfe und der drängenden Notwendigkeit, sich auf den bevorstehenden Konflikt vorzubereiten.

"Wir müssen unsere Verteidigungslinien klar definieren", begann Cole, während er einen großen Plan der Farm auf den Tisch ausbreitete. "Hier, hier und hier sind die schwächsten Punkte. Wenn das Kartell angreift, werden sie versuchen, diese Stellen auszunutzen." Seine Stimme war fest, doch in seinen Augen schimmerte die Sorge um seine Nachbarn und die Gemeinschaft, die er beschützen wollte.

Logan "Hawk" Monroe, der Scharfschütze des Teams, nickte zustimmend. "Ich kann von diesen erhöhten Positionen aus feuern. Wenn wir die Angreifer überraschen, können wir ihre Reihen schnell aufbrechen." Er deutete auf die umliegenden Hügel, die die Farm umgaben. "Ich kenne die besten Plätze, um die Sicht zu nutzen und gleichzeitig unentdeckt zu bleiben."

Owen "Blast" Carter, der Sprengstoffexperte, mischte sich ein. "Wir sollten auch einige Fallen an den Zugangswegen platzieren. Ein paar gut platzierte Sprengsätze könnten den Unterschied ausmachen, wenn sie versuchen, durchzubrechen." Sein Enthusiasmus war ansteckend, und die anderen Veteranen begannen, sich in die Diskussion einzubringen.

"Wir müssen auch die Dorfbewohner einbeziehen", fügte Ethan "Whisper" Reed hinzu, der Kommunikationsexperte. "Sie müssen wissen, was zu tun ist, wenn der Angriff kommt. Wir können nicht allein kämpfen."

"Richtig", bestätigte Cole. "Wir müssen die gesamte Gemeinschaft mobilisieren. Jeder muss wissen, dass es nicht nur um meine Farm geht, sondern um das Überleben von uns allen." Die Entschlossenheit in seiner Stimme war unüberhörbar, und die anderen Veteranen spürten die Dringlichkeit seiner Worte.

Während sie weiter planten, stieg die Spannung im Raum. Jeder Veteran brachte seine Erfahrungen und Ideen ein, und es war klar, dass sie nicht nur ein Team waren, sondern eine Familie, die bereit war, alles zu geben, um ihre Heimat zu verteidigen. Coles Gedanken wanderten zu Laura und Sam, die jetzt Teil seines Lebens waren. Ihre Sicherheit war ihm ebenso wichtig wie die der anderen Dorfbewohner.

"Wir müssen auch die Kinder einbeziehen", sagte Cole nachdenklich. "Sam hat ein gutes Auge für Details. Vielleicht kann er uns helfen, die Umgebung zu beobachten und potenzielle Gefahren frühzeitig zu erkennen."

"Das ist eine großartige Idee", antwortete Logan. "Jeder kann einen Beitrag leisten, egal wie klein er auch sein mag."

Die Stunden vergingen, während sie Strategien entwickelten und Pläne schmiedeten. Der Raum war erfüllt von einem Gefühl der Zusammengehörigkeit und Entschlossenheit. Sie waren nicht mehr nur Veteranen, die ihre Vergangenheit hinter sich gelassen hatten; sie waren Krieger, die bereit waren, für ihre Gemeinschaft zu kämpfen.

Als die Dunkelheit hereinbrach, saßen sie noch immer um den Tisch, beleuchtet von einer einzigen Lampe, die Schatten an die Wände warf. Cole fühlte, wie die Last der Verantwortung auf seinen Schultern ruhte, aber auch eine wachsende Zuversicht. Sie hatten einen Plan, und sie waren bereit, ihn umzusetzen.

"Morgen wird der Tag der Entscheidung sein", sagte Cole schließlich. "Wir werden alles geben, um unsere Heimat zu verteidigen. Für unsere Familien, für unsere Freunde und für die Zukunft des Ash Valley."

Einige der Veteranen nickten, während andere sich aneinander drückten, um den Zusammenhalt zu stärken. Es war ein Moment des stillen Einvernehmens, der die Entschlossenheit in ihren Herzen festigte. Sie wussten, dass die bevorstehenden Kämpfe hart werden würden, aber sie waren bereit, sich der Herausforderung zu stellen.

Mit einem letzten Blick auf den Plan, der nun mit Notizen und Markierungen übersät war, schloss Cole die Sitzung. "Lasst uns schlafen. Wir brauchen jede Minute Ruhe, die wir bekommen können."

Als sie sich trennten, war das Gefühl der Vorfreude und Entschlossenheit greifbar. Der bevorstehende Konflikt würde sie auf die Probe stellen, aber sie waren bereit, alles zu geben. Das Ash Valley war ihr Zuhause, und sie würden es nicht kampflos aufgeben.

# 5
# Ein Angebot, das man nicht ablehnen kann

## 5.1 Victor Mendéz erscheint auf der Farm

Hoch am Himmel brannte die Sonne und ließ ihre gleißenden Strahlen über die weitläufigen Felder von Coles Farm tanzen. Die Idylle des Ash Valley wirkte unberührt, doch eine unbestimmte Anspannung lag in der Luft, die selbst die friedlichsten Momente trübte. Cole Barrett, ein ehemaliger Elite-Soldat, hatte sich in diese Abgeschiedenheit zurückgezogen, um ein einfaches Leben als Farmer zu führen. Doch die Ruhe war trügerisch. Frische Spuren schwerer Fahrzeuge auf seinem Land hatten ihn alarmiert und Erinnerungen an seine militärische Vergangenheit geweckt. Inmitten dieser inneren Unruhe näherte sich ein schwarzer SUV der Farm, und Cole spürte, wie sich sein Magen zusammenzog.

Als das Fahrzeug zum Stehen kam, öffnete sich die Tür, und ein Mann stieg aus, der sofort die Aufmerksamkeit auf sich zog. Victor Mendéz, der gefürchtete Kartellboss, trat mit einer Aura von Macht und Bedrohung auf die Farm. Seine Präsenz war wie ein Schatten, der die Sonne verdunkelte. Er war groß, mit einem breiten, selbstbewussten Lächeln, das nicht die geringste Freundlichkeit ausstrahlte. "Cole Barrett", begann er mit einer Stimme, die so glatt war wie das Leder seiner Jacke. "Ich habe viel über dich gehört."

"Und ich habe viel über dich gehört, Mendéz", erwiderte Cole, seine Stimme fest und unerschütterlich. Er wusste, dass diese Begegnung nicht zufällig war. Mendéz war hier, um ein Angebot zu machen, und Cole konnte bereits die Drohung hinter den Worten spüren. "Was willst du?"

"Ein einfaches Geschäft, mein Freund", sagte Mendéz und lächelte weiterhin, als wäre er in einem Verhandlungsgespräch über den Preis eines Rindes. "Drei Millionen Dollar für deine Farm. Ein fairer Preis, wenn man bedenkt, was ich dir bieten kann." Er ließ die Worte im Raum hängen, als ob sie ein verlockendes Geschenk wären.

Cole schüttelte den Kopf. "Ich werde nicht verkaufen." Seine Stimme war fest, aber in seinem Inneren regte sich eine Welle der Besorgnis. Er wusste, dass Mendéz nicht einfach aufgeben würde. "Ich bin nicht interessiert an deinem Geld."

"Oh, ich glaube, du wirst es dir noch anders überlegen", antwortete Mendéz, und seine Miene veränderte sich. Der Charme wich einer kalten, bedrohlichen Ausstrahlung. "Du verstehst nicht, mit wem du es zu tun hast. Das Kartell hat viele Möglichkeiten, um zu bekommen, was es will. Und wir sind bereit, die notwendigen Schritte zu unternehmen, um sicherzustellen, dass du unsere Angebote annimmst."

Die Drohung war klar, und Cole spürte, wie sich die Luft um ihn herum verdichtete. Er dachte an seine Nachbarn, an Emma Harlow, die ihn gewarnt hatte, und an die Gemeinschaft, die auf dem Spiel stand. "Wenn du glaubst, dass du mich einschüchtern kannst, liegst du falsch", entgegnete Cole und stellte sich aufrecht hin. "Ich werde nicht zulassen, dass du meine Farm übernimmst, egal, was du tust."

Mendéz' Augen verengten sich, und ein gefährliches Funkeln blitzte darin auf. "Du bist ein mutiger Mann, Cole. Aber Mut allein wird dich nicht retten. Du bist nicht mehr im Krieg. Hier gibt es keine Regeln, und ich spiele nicht nach deinen Spielregeln."

Die Spannung zwischen den beiden Männern war greifbar, und Cole fühlte, wie sich die Welt um ihn herum verlangsamte. Es war nicht nur ein Geschäft; es war ein Machtspiel, und er war entschlossen, nicht der Verlierer zu sein. "Ich werde nicht weichen", sagte er mit fester Stimme. "Du kannst mir dein Geld anbieten, aber ich werde niemals für deine Gewalt bezahlen."

"Wie du willst", sagte Mendéz und wandte sich um, um in sein Fahrzeug zurückzukehren. "Aber denke daran, Cole. Das Kartell vergisst nicht. Und wir kommen immer wieder zurück."

Als der SUV davonfuhr, fühlte Cole eine Mischung aus Erleichterung und Furcht. Er hatte sich geweigert, dem Druck nachzugeben, aber er wusste, dass dies erst der Anfang war. Die Drohung, die Mendéz ausgesprochen hatte, hallte in seinem Kopf wider. Es war ein entscheidender Moment, der nicht nur seine Entschlossenheit, sondern auch die Sicherheit seiner Gemeinschaft auf die Probe stellte. Cole wusste, dass er sich vorbereiten musste. Der Kampf um seine Farm hatte gerade erst begonnen.

## 5.2 Die Drohung hinter dem Geld

Als Victor Mendéz auf Coles Farm eintraf, lastete die drohende Gefahr schwer in der Luft. Die Sonne hing tief am Horizont und tauchte die Umgebung in ein goldenes Licht, das jedoch die Dunkelheit nicht vertreiben konnte, die sich in Coles Magen zusammenbraute. Mendéz, der Kartellboss, war nicht nur ein Mann des Geldes; er war ein Meister der Manipulation, und sein Angebot klang wie eine sirenenhafte Melodie, die gleichzeitig verlockend und tödlich war.

"Drei Millionen Dollar", wiederholte Cole leise, während er die Worte in seinem Kopf abwog. Die Summe war verlockend, mehr Geld, als er je für seine Farm hätte verlangen können. Doch hinter dieser Zahl schwebte eine subtile Drohung, die die Sicherheit seiner Gemeinschaft in Frage stellte. "Was ist der Preis dafür?", dachte Cole, während er sich an die frischen Spuren erinnerte, die er auf seinem Land entdeckt hatte. Diese Spuren waren nicht nur Hinweise auf die Anwesenheit des Kartells; sie waren ein Vorbote des Unheils, das sich über Ash Valley legte.

Die Erinnerungen an seine militärische Vergangenheit kamen zurück, als Cole an die Verantwortung dachte, die er für seine Nachbarn trug. Er wusste, dass er nicht nur für sich selbst kämpfte, sondern auch für die Menschen, die ihm am Herzen lagen. Laura und Sam, die jetzt unter seinem Dach lebten, waren ebenso betroffen von der Bedrohung, die Mendéz darstellte. Cole spürte die Last ihrer Erwartungen auf seinen Schultern. Wie konnte er ihnen Sicherheit bieten, wenn er sich mit einem Mann wie Mendéz auseinandersetzen musste?

Die innere Zerrissenheit, die Cole verspürte, wurde von der Loyalität zu seinen Nachbarn verstärkt. Emma Harlow, seine Nachbarin, hatte ihn vor den Machenschaften des Kartells gewarnt, und ihre eindringlichen Worte hallten in seinem Kopf wider. "Sie sind brutal, Cole. Sie werden nicht zögern, Gewalt anzuwenden, um zu bekommen, was sie wollen." Diese Warnung ließ ihn nicht los. Es war nicht nur sein eigenes Leben, das auf dem Spiel stand, sondern das Leben aller, die ihm wichtig waren.

"Ich kann nicht einfach wegsehen", murmelte Cole, während er Mendéz' durchdringenden Blick erwiderte. Der Kartellboss lächelte, aber es war kein freundliches Lächeln. Es war das Lächeln eines Raubtiers, das seine Beute umkreist. "Du hast die Wahl, Cole. Nimm das Geld und alles wird gut. Weigere dich, und du wirst die Konsequenzen tragen müssen." Die Drohung war klar, und Cole fühlte, wie sich die Kälte in seinem Inneren ausbreitete.

In diesem Moment wurde ihm bewusst, dass es nicht nur um Geld ging. Es war ein Test seiner Prinzipien, seiner Entschlossenheit, für das zu kämpfen, was richtig war. Die Gefahr, die von Mendéz ausging, war nicht nur physisch; sie war auch psychologisch. Cole musste sich entscheiden, ob er bereit war, seine Werte für Geld zu opfern. Er dachte an Ben, der im Koma lag, und an die Familie, die er jetzt beschützte. "Ich werde nicht nachgeben", schwor er sich innerlich.

Die Dringlichkeit der Situation drängte ihn, schnell zu handeln. Während Mendéz weiterredete, verschwammen seine Worte in Coles Gedanken. "Ich kann nicht zulassen, dass sie das Ash Valley übernehmen", dachte er. "Nicht ohne zu kämpfen." Diese Entschlossenheit brannte in ihm wie ein Feuer, das nicht erlöschen wollte. Er wusste, dass er sich auf einen Kampf vorbereiten musste, der nicht nur um seine Farm, sondern um die gesamte Gemeinschaft ging.

"Ich lehne ab", sagte Cole schließlich, seine Stimme fest und unerschütterlich. Mendéz' Gesichtsausdruck veränderte sich, und für einen kurzen Moment sah Cole die Wut in seinen Augen aufblitzen. Doch er hielt stand, wissend, dass er die richtige Entscheidung getroffen hatte. "Ich werde nicht zulassen, dass du meine Heimat zerstörst." Diese Worte hallten in der Stille der Abenddämmerung wider, und Cole fühlte sich, als würde er einen entscheidenden Schritt in Richtung seines Schicksals machen.

Die Spannung zwischen den beiden Männern war greifbar, und Cole wusste, dass dies nur der Anfang war. Mendéz würde nicht aufgeben, und die Bedrohung würde weiter wachsen. Aber in diesem Moment fühlte Cole eine neue Kraft in sich aufsteigen. Die Loyalität zu seinen Nachbarn, die Erinnerungen an seine Vergangenheit und der unaufhörliche Wille, für das zu kämpfen, was er liebte, gaben ihm die Entschlossenheit, die er brauchte, um sich dem Kartell entgegenzustellen.

## 5.3 Coles entschlossener Widerstand

Ein schweres Schweigen lag über der Farm, als Cole Mendéz' Angebot wie ein drohendes Gewitter in der Luft schwebte. Die Worte des Kartellbosses waren schwer und bedrohlich, schwebten zwischen ihnen und drückten auf Coles Brust. Sein Herz schlug schneller, während er die tiefen, berechnenden Augen des Mannes vor sich musterte. Drei Millionen Dollar – eine Summe, die für viele verlockend gewesen wäre. Doch für Cole war es mehr als nur Geld; es war eine Frage der Ehre, der Prinzipien und des Schutzes seiner Gemeinschaft.

"Ich lehne ab", erklärte Cole mit fester Stimme, seine Entschlossenheit ließ keinen Raum für Zweifel. Mendéz' Gesicht verzog sich zu einem schmalen Lächeln, das nichts Gutes verhieß. "Weißt du, was du tust, Cole?", fragte er, seine Stimme ruhig, aber mit einem Unterton von Bedrohung. "Du könntest dir und deiner Familie ein besseres Leben ermöglichen." Cole spürte, wie sich die Anspannung in der Luft verdichtete. Er wusste, dass diese Entscheidung nicht ohne Konsequenzen bleiben würde.

"Ich kämpfe nicht für Geld, Mendéz. Ich kämpfe für meine Familie, für meine Nachbarn, für dieses Land." Die Worte kamen aus tiefstem Herzen, und in diesem Moment fühlte Cole eine Welle der Entschlossenheit. Er war bereit, alles zu riskieren, um das zu verteidigen, was ihm wichtig war. Mendéz' Lächeln verschwand, und die Kälte in seinen Augen verriet, dass er die Ablehnung nicht hinnehmen würde.

"Du wirst es bereuen, Cole. Das Kartell vergisst nicht." Mit diesen Worten drehte sich Mendéz um und ging, doch die Bedrohung, die er hinterließ, hing wie ein Schatten über der Farm. Cole sah ihm nach, sein Herz pochte laut in seiner Brust. Die Entscheidung war gefallen, und jetzt musste er sich auf den bevorstehenden Sturm vorbereiten.

In den folgenden Stunden spürte Cole, wie die Dringlichkeit in ihm wuchs. Er wusste, dass er sich nicht nur auf einen Kampf um seine Farm vorbereiten musste, sondern um die gesamte Gemeinschaft. Die Worte von Mendéz hallten in seinem Kopf wider, und er konnte die dunklen Vorahnungen nicht abschütteln. Es war nicht nur ein persönlicher Konflikt; es war ein Krieg um die Seele des Ash Valley.

"Wir müssen uns vorbereiten", murmelte er zu Ranger, der an seiner Seite saß und ihn mit treuen Augen ansah. Der Hund schien Coles innere Unruhe zu spüren und legte seinen Kopf auf Coles Knie. In diesem Moment fühlte Cole sich nicht allein. Er hatte die Unterstützung seiner Nachbarn, seiner Freunde und seines Teams. Sie würden zusammenstehen, egal was kommen mochte.

Als die Sonne unterging und die Dunkelheit über das Tal hereinbrach, versammelte Cole seine alten Kameraden. Logan, Owen, Ethan und Miles waren bereit, sich ihm anzuschließen. "Wir wissen, was auf dem Spiel steht", sagte Cole, während er in die Gesichter seiner Freunde blickte. "Es geht nicht nur um uns. Es geht um unsere Familien, um unsere Gemeinschaft. Wir müssen zusammenhalten."

Die Veteranen nickten, und ein Gefühl der Entschlossenheit breitete sich in der Gruppe aus. Sie hatten in der Vergangenheit gekämpft, und jetzt würden sie erneut kämpfen, nicht für Ruhm oder Ehre, sondern für das, was ihnen am Herzen lag. Cole spürte, wie sich eine Welle der Hoffnung in ihm regte. Gemeinsam würden sie stark sein.

Doch während sie ihre Pläne schmiedeten, konnte Cole die drückende Atmosphäre der Gefahr nicht ignorieren. Die Schatten des Kartells schienen näher zu rücken, und er wusste, dass die Zeit gegen sie arbeitete. "Wir müssen uns beeilen", sagte er und blickte in die Nacht hinaus, die von den Lichtern der Farm erleuchtet wurde. "Der Kampf steht bevor, und wir müssen bereit sein."

Die Entschlossenheit in Coles Herzen brannte hell, während er sich auf die bevorstehenden Herausforderungen vorbereitete. Er wusste, dass die kommenden Tage entscheidend sein würden, nicht nur für ihn, sondern für alle im Ash Valley. Der Widerstand hatte begonnen, und er war bereit, alles zu geben, um das zu verteidigen, was er liebte.

# 6
## Der erste Sturm

### 6.1 Die Nacht bricht herein

Ein tiefes Dunkel legte sich über das Ash Valley, während die Stille wie ein schleichender Schatten die Geräusche der Natur umhüllte. Diese Ruhe war trügerisch; Cole Barrett spürte instinktiv, dass sie nur das Vorzeichen eines herannahenden Chaos war. In der Ferne blitzten die Scheinwerfer von Fahrzeugen auf, die sich mit rasender Geschwindigkeit der Farm näherten. Über vierzig bewaffnete Männer rückten vor, und das Gefühl der Ungewissheit schnürte Cole die Kehle zu.

Er hatte akribisch vorgesorgt, jede Ecke seiner Farm in eine uneinnehmbare Festung verwandelt. Fallen waren strategisch platziert, und seine alten militärischen Instinkte waren wieder erwacht. Doch trotz all seiner Vorbereitungen blieb die drängende Frage: Wie stark war der Feind? Die Unsicherheit nagte an ihm, während er sich mit seinem Team versammelte. Logan "Hawk" Monroe, der Scharfschütze, stand auf einem erhöhten Punkt und beobachtete die herannahenden Fahrzeuge mit einem kühlen Blick. Owen "Blast" Carter überprüfte die Sprengfallen, während Ethan "Whisper" Reed mit einem Funkgerät in der Hand bereit war, die Kommunikation aufrechtzuerhalten.

"Sie kommen", murmelte Cole, als er die Silhouetten der Angreifer erkannte. "Wir müssen bereit sein." Die Anspannung in der Luft war greifbar, und jeder wusste, dass dies der Moment war, auf den sie gewartet hatten. Es war nicht nur ein Kampf um die Farm; es war ein Kampf um ihre Gemeinschaft, um das, was sie liebten. Cole fühlte den Druck auf seinen Schultern, die Verantwortung, die er für seine Nachbarn trug. Er hatte nicht nur für sich selbst gekämpft, sondern auch für die Menschen, die ihm am Herzen lagen.

Die Dunkelheit war nun vollständig hereingebrochen, und die ersten Schüsse fielen. Das Echo der Waffen hallte durch das Tal, während die Angreifer die Verteidigungsstellungen stürmten. Cole und sein Team waren auf alles vorbereitet, doch die Realität des Kampfes war brutal. Die erste Welle des Kartells war schneller und besser organisiert, als sie es erwartet hatten. Cole spürte, wie sein Herz raste, als er den ersten Angreifer sah, der über den Zaun sprang. Adrenalin durchströmte seinen Körper, und er wusste, dass er jetzt handeln musste.

"Feuer frei!", rief Cole, und die Welt um ihn herum verwandelte sich in ein Chaos aus Lärm und Bewegung. Schüsse knallten, und die Erde erbebte unter den Füßen der Kämpfer. Cole zielte mit seiner Waffe und drückte ab. Der erste Schuss traf einen Angreifer, der sofort zu Boden fiel. Doch die Übermacht war erdrückend, und Cole wusste, dass sie nicht lange durchhalten konnten, wenn sie nicht schnell handeln würden.

"Blast, bereit machen!", rief Cole zu Owen, der mit einem breiten Grinsen die Sprengfallen aktivierte. "Wir müssen sie überraschen!" Owen nickte und stellte sicher, dass alles einsatzbereit war. Cole spürte die Entschlossenheit seiner Männer, die sich in ihren Gesichtern widerspiegelte. Sie waren Veteranen, Männer, die in der Vergangenheit für ihr Land gekämpft hatten, und jetzt standen sie zusammen, um ihre Heimat zu verteidigen.

Die ersten Explosionen ertönten, und das Chaos brach aus. Die Angreifer gerieten in Panik, als die Fallen zuschlugen. Cole nutzte diesen Moment der Verwirrung, um seine Männer neu zu positionieren. "Jetzt! Vorwärts!", rief er und führte sein Team in den Kampf. Die Dunkelheit war nun ihr Verbündeter, und sie kämpften mit allem, was sie hatten.

Doch die Ungewissheit über die Stärke der Angreifer blieb. Jeder Schuss, den sie abfeuerten, könnte der letzte sein. Cole spürte die Furcht in seinem Magen, aber auch den Mut, der ihn antrieb. Er wusste, dass sie alles riskieren mussten, um ihre Gemeinschaft zu schützen. Der Kampf war nicht nur physisch; es war auch ein emotionaler Kampf, der sie alle an ihre Grenzen brachte.

Die Nacht schien endlos, und der Klang der Waffen war ein ständiger Begleiter. Cole und sein Team waren entschlossen, ihre Farm zu verteidigen, aber die Dunkelheit hielt viele Geheimnisse bereit. Was, wenn die Angreifer mehr waren, als sie sich vorgestellt hatten? Diese Gedanken schossen ihm durch den Kopf, während er sich auf den nächsten Angriff vorbereitete. Die Zeit drängte, und die Dringlichkeit, schnell zu handeln, wurde immer größer.

Inmitten des Chaos spürte Cole die Präsenz seiner Männer um sich herum. Sie waren nicht allein. Gemeinsam waren sie stark, und gemeinsam würden sie kämpfen. "Für das Ash Valley!", rief er, und die Antwort kam in Form von entschlossenen Rufen seiner Kameraden. Es war der Moment, auf den sie gewartet hatten, und sie waren bereit, alles zu geben, um ihre Heimat zu verteidigen.

### 6.2 Über vierzig bewaffnete Männer rücken vor

Die Dunkelheit der Nacht lastete schwer auf dem Ash Valley, als die ersten Geräusche der Angreifer durch die Stille schnitten. Cole Barrett, ein ehemaliger Elite-Soldat, hockte angespannt hinter einer Reihe von Heuballen, seine Augen fest auf den schmalen Weg gerichtet, der zu seiner Farm führte. Der vertraute Duft von frischem Heu vermischte sich mit einer bitteren Vorahnung, die in der Luft lag. Die Zeit des Wartens war vorbei. Die massive Übermacht des Kartells näherte sich, und die Dorfbewohner mussten schnell handeln, um sich zu verteidigen.

"Cole, sie kommen!", rief Logan "Hawk" Monroe, der Scharfschütze, der sich auf einem erhöhten Punkt positioniert hatte. Seine Stimme war ruhig, doch Cole spürte die Anspannung in seinen Worten. "Über vierzig Männer, mindestens. Sie sind gut ausgerüstet." Coles Herz schlug schneller. Erinnerungen an seine militärische Vergangenheit überfluteten ihn – die Einsätze, die Entscheidungen, die Konsequenzen. Jetzt, hier, in dieser friedlichen Umgebung, stand alles auf dem Spiel.

"Wir müssen die Dorfbewohner zusammenrufen", sagte Cole und sah in die Gesichter seiner Kameraden. "Jeder muss wissen, was auf uns zukommt. Wir können nicht zulassen, dass sie unsere Heimat überrennen." Die Entschlossenheit in seiner Stimme war unüberhörbar. Die anderen nickten, und die Gruppe machte sich daran, die Nachbarn zu mobilisieren. In der Dunkelheit blitzten die Lichter der Farmen auf, als die Dorfbewohner zusammenkamen, ihre Gesichter von Angst und Entschlossenheit geprägt.

Emma Harlow, eine der ersten, die ankam, zeigte ein Gesicht, das sowohl Sorge als auch Mut ausstrahlte. "Cole, ich habe gehört, was sie vorhaben. Sie wollen uns alle vertreiben, egal wie. Wir müssen uns wehren!" Ihre Worte waren ein Aufruf zur Einheit, und Cole spürte, wie die Gemeinschaft zusammenwuchs. Die Dorfbewohner waren keine Soldaten, aber sie waren bereit, für ihr Zuhause zu kämpfen.

"Wir haben keine Zeit zu verlieren", rief Cole, während er die Versammlung anführte. "Jeder muss einen Platz finden. Holt, was ihr könnt – Werkzeuge, Waffen, alles, was uns helfen kann. Wir müssen die Farm verteidigen, und wir müssen es gemeinsam tun." Die Entschlossenheit in seinen Augen spiegelte sich in den Gesichtern der Versammelten wider. Sie waren bereit, alles zu riskieren.

Die Dunkelheit umhüllte sie, während sie sich auf die bevorstehende Auseinandersetzung vorbereiteten. Cole gab Anweisungen, während die Dorfbewohner hastig ihre Positionen einnahmen. Er konnte die Nervosität in der Luft spüren, verstärkt durch das Rascheln von Kleidung und das Klirren von Werkzeugen. Ranger, sein treuer deutscher Schäferhund, stand an seiner Seite, bereit, ihn zu beschützen.

"Ich werde auf dem Dachboden bleiben und die Bewegungen beobachten", sagte Logan, während er sein Gewehr überprüfte. "Wenn sie kommen, werde ich sie überraschen." Cole nickte zustimmend. Es war wichtig, dass sie die Initiative ergriffen, bevor das Kartell die Kontrolle über die Situation übernehmen konnte.

Die Minuten vergingen wie Stunden, und die Spannung stieg ins Unermessliche. Plötzlich erhellten Scheinwerfer die Dunkelheit, und das Geräusch von Motoren drang an ihre Ohren. "Sie sind da!", rief Emma, und die Dorfbewohner hielten den Atem an. Cole spürte, wie sich seine Muskeln anspannten, als er sich auf die bevorstehende Konfrontation vorbereitete.

Die ersten Fahrzeuge erschienen am Horizont, und Cole konnte die Silhouetten der bewaffneten Männer erkennen, die ausstiegen. Die brutale Realität des Konflikts wurde greifbar. "Jetzt!", befahl Cole, und die Dorfbewohner feuerten auf die Angreifer. Die ersten Schüsse hallten durch die Nacht, und die Schlacht war entfesselt.

Die Angreifer stürmten voran, doch Cole hatte Fallen vorbereitet, die sie überraschten. Ein lautes Krachen ertönte, als eine Explosion aus der Scheune die ersten Angreifer zurückwarf. Das Chaos brach aus, und die Dorfbewohner kämpften verzweifelt, um ihre Heimat zu schützen. Cole fühlte den Adrenalinschub, der ihn durchströmte, während er sich dem Feind entgegenstellte.

"Haltet durch! Für unsere Familien! Für unser Zuhause!", rief Cole, während er sich in den Kampf stürzte. Diese Auseinandersetzung war nicht nur ein Kampf um Land; es war ein Kampf um die Seele ihrer Gemeinschaft. Die Entschlossenheit der Dorfbewohner wurde auf die Probe gestellt, und jeder Schuss, jede Entscheidung würde über ihr Schicksal entscheiden.

Die Brutalität des Konflikts war überwältigend, aber die Entschlossenheit der Charaktere, ihre Heimat zu schützen, war stärker. Cole wusste, dass dies ein entscheidender Moment in ihrer Geschichte war, und sie würden alles tun, um zu gewinnen.

## 6.3 Coles Fallen und Verteidigungsstrategien

Die Dunkelheit umhüllte die Nacht, während nur das gelegentliche Knacken von Ästen und das entfernte Heulen des Windes die Stille durchbrachen. Cole Barrett hockte hinter einem alten Traktor, sein Herz schlug schnell, als er die herannahenden Lichter der Fahrzeuge beobachtete. Über vierzig bewaffnete Männer, eine massive Übermacht, rückten auf seine Farm vor. Doch Cole war bereit. Mit strategischer Präzision hatte er Fallen platziert, die den Angreifern eine böse Überraschung bereiten würden.

Die Erinnerungen an seine militärische Ausbildung kamen ihm in den Sinn. Er hatte nicht nur für sich selbst, sondern auch für seine Nachbarn gekämpft. Der Gedanke an Laura und Sam gab ihm zusätzliche Kraft. Die kleinen Dinge zählten jetzt mehr denn je. Während er auf das Signal wartete, fühlte er die Verantwortung auf seinen Schultern lasten. Es war nicht nur seine Farm, die auf dem Spiel stand; es war das Leben der Menschen, die ihm am Herzen lagen.

Die ersten Schüsse fielen, als die Angreifer über die Grenze seines Grundstücks stürmten. Cole gab das Signal, und ein lautes Krachen ertönte, als die erste Falle zuschnappte. Ein gezielter Sprengsatz, den Owen "Blast" Carter platziert hatte, ließ einen der Angreifer in die Luft fliegen. Chaos brach aus, und die Männer des Kartells gerieten in Panik. Cole nutzte den Moment, um seine Position zu wechseln, während er die Kontrolle über die Situation behielt.

Logan "Hawk" Monroe, der Scharfschütze, war auf dem Dach des Scheunengebäudes positioniert. Mit tödlicher Präzision feuerte er auf die Angreifer, die versuchten, sich neu zu formieren. Jeder Schuss war ein weiterer Schritt zur Verteidigung ihrer Heimat. Cole konnte sehen, wie die Angst in den Augen der Angreifer aufblitzte, als sie merkten, dass sie nicht gegen die Entschlossenheit der Dorfbewohner ankommen konnten.

"Das ist unser Land!", rief Cole, während er über das Feld lief, um seine Leute zu koordinieren. "Wir lassen uns nicht vertreiben!" Die Dorfbewohner, die sich zuvor unsicher gefühlt hatten, fanden neuen Mut. Sie schlossen sich zusammen, und die Gemeinschaft, die in den letzten Wochen gewachsen war, zeigte ihre Stärke. Jeder wusste, was auf dem Spiel stand, und sie waren bereit, alles zu geben.

Ein weiterer Angriffswelle folgte, diesmal verstärkt durch ehemalige mexikanische Spezialeinheiten, die mit schwerem Geschütz und taktischer Präzision vorankamen. Eine 20-mm-Autokanone auf einem gepanzerten Fahrzeug drohte, die Entscheidung zu bringen. Cole wusste, dass sie handeln mussten. "Blast, bereit machen!", rief er und deutete auf die Scheune. "Wir müssen die Kanone ausschalten!"

Mit einem weiteren lauten Knall detonierte eine Explosion, die aus der Scheune kam. Die scheinbar zerstörte Struktur hatte sich als strategische Falle entpuppt. Die Explosion deaktivierte das schwere Geschütz und sorgte für noch mehr Verwirrung unter den Angreifern. In diesem Moment spürte Cole, dass sie die Oberhand gewinnen konnten. Die Kreativität und der Einfallsreichtum seines Teams hatten sich ausgezahlt.

Die Angreifer, die nun in Panik gerieten, begannen, sich zurückzuziehen. Cole und seine Verbündeten setzten ihren Vorteil entschlossen ein. "Jetzt!", rief er, und die Dorfbewohner stürmten vorwärts, bereit, ihre Heimat zu verteidigen. Es war ein Anblick, der Cole stolz machte. Die Gemeinschaft, die er so sehr beschützen wollte, kämpfte Seite an Seite.

Als die letzte Welle des Kartells zurückwich, atmete Cole tief durch. Der Kampf war brutal gewesen, aber sie hatten es geschafft. Die Dorfbewohner hatten den ersten Sturm überstanden. Hoffnung keimte in seinem Herzen auf. Sie hatten nicht nur ihre Farm verteidigt, sondern auch eine Gemeinschaft geformt, die stark genug war, um zusammenzuhalten. Cole wusste, dass dies erst der Anfang war. Der Weg zur Sicherheit war noch lang, aber sie waren bereit, ihn gemeinsam zu gehen.

In den frühen Morgenstunden, als die Sonne über den Bergen aufging, sah Cole in die Gesichter seiner Nachbarn. Er sah Entschlossenheit, Mut und eine neue Art von Zusammenhalt. Die Dunkelheit der Nacht war vorbei, und die ersten Strahlen des Tages brachten Licht und Hoffnung. Sie hatten den ersten Sturm überstanden, und Cole war bereit, alles zu tun, um sicherzustellen, dass sie auch die nächsten Herausforderungen meistern würden.

# 7
## Chaos und Triumph

### 7.1 Die erste Welle des Kartells

Die Nacht schien friedlich, doch diese Stille war trügerisch. Cole Barrett saß auf der Veranda seiner Farm und beobachtete, wie die letzten Strahlen der Sonne hinter den Bergen verschwanden. Ranger, sein treuer deutscher Schäferhund, lag zu seinen Füßen und hielt Wache über die Umgebung. In der Luft lag eine spürbare Anspannung, die Cole nicht ignorieren konnte. Frische Spuren schwerer Fahrzeuge auf seinem Land hatten Erinnerungen an seine militärische Vergangenheit geweckt. Es war nur eine Frage der Zeit, bis das Kartell, das seine Nachbarn terrorisierte, auch vor seiner Tür stehen würde.

Plötzlich durchbrach das Geräusch von Motoren die Stille der Nacht. Cole sprang auf, seine Sinne geschärft. Er sah die Scheinwerfer mehrerer Fahrzeuge, die sich der Farm näherten. Ein kalter Schauer lief ihm über den Rücken. "Es ist jetzt oder nie", murmelte er und blickte zu Ranger, der sofort aufstand und bellte. "Bereit, Junge?"

Er wusste, dass er sich nicht alleine gegen die Übermacht des mexikanischen Kartells behaupten konnte. Schnell holte er sein Handy heraus und rief die Mitglieder seines alten Teams an. "Wir werden angegriffen", sagte er mit fester Stimme. "Kommt so schnell wie möglich zur Farm." Während er sprach, sah er, wie die Fahrzeuge näher kamen, ihre Silhouetten wurden immer deutlicher. Die Dunkelheit schien sie zu umhüllen, während sie sich in Position brachten.

Die ersten Angreifer sprangen aus den Fahrzeugen, bewaffnet mit automatischen Gewehren und einem brutalen Blick in den Augen. Cole fühlte, wie sein Herz schneller schlug. "Wir müssen uns vorbereiten", rief er und zog sich seine Lederjacke über. Fallen hatte er aufgestellt, strategisch platzierte Verteidigungspositionen eingerichtet und wusste, dass dies der Moment war, für den er all seine Vorbereitungen getroffen hatte.

In der Ferne hörte er das Geräusch von Schüssen, als seine Nachbarn ebenfalls versuchten, sich zu verteidigen. "Emma!", rief er, als er die Gestalt seiner Nachbarin in der Dunkelheit erkannte. Sie stand mit einem Gewehr in der Hand, bereit, sich dem Feind zu stellen. "Komm her! Wir müssen zusammenarbeiten!"

Die Dorfbewohner, die sich versammelt hatten, um ihre Heimat zu verteidigen, waren ein Gemisch aus Angst und Entschlossenheit. Cole spürte, wie sich der Mut in ihm regte. "Hört zu!", rief er, als er sich zu ihnen umdrehte. "Wir sind hier, um zu kämpfen. Das ist unser Land, und wir lassen uns nicht vertreiben!"

Die ersten Schüsse fielen, und die Dunkelheit wurde von den Blitzen der Waffen erhellt. Cole duckte sich hinter einen alten Traktor und gab seinen Leuten Anweisungen. "Logan, nimm deinen Platz am Fenster ein! Owen, bereitest du die Sprengfallen vor? Ethan, halte die Kommunikation aufrecht!"

Die Dorfbewohner arbeiteten zusammen, jeder wusste, was zu tun war. Die ersten Angreifer stürmten vor, doch Cole hatte sie unterschätzt. Sie waren gut ausgebildet, und die Brutalität ihrer Angriffe ließ keinen Raum für Fehler. Ein Schuss krachte in die Wand neben Cole, und er spürte den Adrenalinschub, der ihn antrieb. "Jetzt!", brüllte er und gab das Signal für die erste Falle.

Die Explosion war ohrenbetäubend und schickte eine Wolke aus Staub und Schutt in die Luft. Die Angreifer wurden überrascht, und einige fielen sofort. Cole nutzte den Moment, um seine Leute anzufeuern. "Weiter! Zeigt ihnen, dass wir nicht aufgeben!"

Doch das Kartell war zahlreich, und bald waren die ersten Angreifer wieder auf den Beinen. Chaos brach aus, als die Dorfbewohner versuchten, sich zu formieren. Cole spürte die Angst in der Luft, aber auch den Mut seiner Nachbarn. Sie kämpften nicht nur für sich selbst, sondern für die Gemeinschaft, die sie aufgebaut hatten.

"Haltet die Stellung!", rief Cole, während er sich umdrehte, um einen weiteren Angreifer ins Visier zu nehmen. Der Kampf war brutal, und die Realität des Konflikts traf ihn mit voller Wucht. Jeder Schuss, jede Explosion erinnerte ihn daran, was auf dem Spiel stand. Es war nicht nur sein Leben, das er verteidigte, sondern das Leben aller, die ihm etwas bedeuteten.

Die Dunkelheit umhüllte sie, doch inmitten des Chaos leuchtete ein Funke der Hoffnung. Cole wusste, dass sie zusammen stark waren. "Wir werden nicht verlieren!", rief er und stürmte vorwärts, bereit, alles zu geben, um seine Heimat zu verteidigen.

## 7.2 Chaos und Zerstörung auf der Farm

Die Dunkelheit hatte sich über die Farm gelegt, und mit ihr drang das unheilvolle Geräusch von Motoren heran. Cole Barrett kniete hinter einem alten Traktor, seine Hände zitterten leicht, nicht aus Angst, sondern aus adrenalingeladenem Fokus. Die Nacht wurde durch die grellen Scheinwerfer der angreifenden Fahrzeuge erhellt, die wie hungrige Raubtiere über die sanften Hügel des Ash Valley rollten. Er konnte die Silhouetten der Angreifer erkennen, Männer in taktischer Ausrüstung, die mit der brutalen Entschlossenheit eines Kartells kamen, das keine Gnade kannte.

"Sie sind hier", flüsterte Cole, während Ranger, sein treuer deutscher Schäferhund, an seiner Seite knurrte. Der Hund spürte die Spannung in der Luft, und Cole wusste, dass die Zeit zum Handeln gekommen war. Die Dorfbewohner hatten sich versammelt, einige mit improvisierten Waffen, andere mit bloßen Händen, bereit, alles zu geben, um ihre Heimat zu verteidigen. Es war ein Moment, der sowohl Angst als auch Entschlossenheit in ihren Herzen entfachte.

Die ersten Schüsse fielen, und das Geräusch von Gewehrfeuer hallte durch die Nacht. Cole hatte Fallen aufgestellt, strategisch platziert, um die Angreifer zu überraschen. Mit jedem Knall einer Explosion fühlte er, wie sich die Wut in ihm aufstaute. Erinnerungen an seine militärische Vergangenheit blitzten in seinem Kopf auf – die Kämpfe, die er geführt hatte, die Kameraden, die er verloren hatte. Jetzt stand er wieder im Zentrum eines Kampfes, aber diesmal war es nicht nur sein Leben, das auf dem Spiel stand, sondern das Leben seiner Nachbarn, seiner Freunde.

"Haltet die Stellung!", rief Cole, seine Stimme fest und klar. Er sah Emma Harlow, die mit einem Gewehr in der Hand hinter einem Heuballen kauerte. Ihre Augen waren weit aufgerissen, aber sie zeigte keinen Anflug von Furcht. Stattdessen strahlte sie eine Stärke aus, die Cole Mut gab. Sie war bereit, für ihre Gemeinschaft zu kämpfen, und das gab ihm Hoffnung.

Die Angreifer drangen weiter vor, und die Situation eskalierte schnell. Cole bemerkte, wie die Dorfbewohner, die anfangs zögerten, sich zusammenschlossen. Jeder wusste, was auf dem Spiel stand. "Wir müssen sie zurückdrängen!", schrie er, während er eine weitere Falle auslöste, die einen der Angreifer zu Boden schleuderte. Ein kurzer Moment der Verwirrung entstand, und Cole nutzte die Gelegenheit, um seine Nachbarn zu motivieren.

"Gemeinsam sind wir stärker! Lasst uns zeigen, dass wir nicht weichen werden!" Die Worte hallten in der Nacht wider, und ein Gefühl der Einheit breitete sich unter den Dorfbewohnern aus. Sie waren nicht mehr nur Einzelkämpfer; sie waren eine Gemeinschaft, vereint durch den Willen, ihre Heimat zu verteidigen.

Die Kämpfe brachen in ein chaotisches Durcheinander aus. Schüsse wurden abgefeuert, Schreie hallten durch die Nacht, und das Geräusch von zerbrechendem Holz und aufprallendem Metall erfüllte die Luft. Cole spürte, wie die Verzweiflung in ihm aufstieg, als er sah, wie einige seiner Nachbarn verletzt wurden. Doch gleichzeitig entdeckte er in ihren Gesichtern den unerschütterlichen Willen, weiterzukämpfen. Jeder von ihnen wusste, dass sie alles riskieren mussten, um ihre Gemeinschaft zu schützen.

Inmitten des Chaos erblickte Cole Sam, den Sohn seines Freundes Ben, der in der Nähe spielte, als wäre der Kampf um ihn herum nicht real. "Sam, komm hierher!", rief Cole, seine Stimme voller Sorge. Der Junge schaute auf, und für einen kurzen Moment schien die Welt stillzustehen. In diesem Augenblick wurde Cole klar, dass er nicht nur für sich selbst kämpfte, sondern auch für die nächste Generation, die in dieser gewalttätigen Welt aufwachsen musste.

"Wir schaffen das!", rief Emma, als sie neben Cole auftauchte und ihm eine neue Munition reichte. Ihr Blick war fest entschlossen, und Cole fühlte, wie sich seine eigene Entschlossenheit verstärkte. Zusammen waren sie bereit, sich dem Feind zu stellen, egal wie überwältigend die Bedrohung auch sein mochte.

Der Kampf tobte weiter, und trotz der Zerstörung um sie herum blühte der Geist der Gemeinschaft auf. Jeder Schuss, jede Explosion war ein Zeichen ihrer Entschlossenheit, und Cole wusste, dass sie diesen Kampf nicht verlieren konnten. Die Dorfbewohner standen Schulter an Schulter, und gemeinsam waren sie bereit, alles zu geben, um ihre Heimat zu verteidigen. Es war ein entscheidender Moment, der die Charaktere auf die Probe stellte und sie in ihrer Entschlossenheit zusammenschweißte.

## 7.3 Ein unerwarteter Sieg

Ein unheimliches Schweigen lag über der Nacht, während Cole und sein Team sich auf den bevorstehenden Sturm vorbereiteten. Der Geruch von Erde und Rauch hing in der Luft, während die Schatten der Angreifer über das Feld schlichen. Trotz der überwältigenden Übermacht des Kartells, die sich in der Dunkelheit zusammenbraute, spürte Cole eine Entschlossenheit in sich, die ihn antrieb. Die Dorfbewohner hatten sich versammelt, bereit, alles zu riskieren, um ihre Heimat zu verteidigen.

Als die ersten Schüsse fielen, brach ein Chaos los, das die Dunkelheit durchdrang. Coles Herz schlug schnell, doch sein Verstand blieb klar. "Jetzt!", rief er, und die Fallen, die er mit seinen Veteranen strategisch platziert hatte, schnappten zu. Die ersten Angreifer wurden überrascht, ihre Panik war greifbar, als sie in die sorgfältig vorbereiteten Verteidigungsstellungen gerieten. Das Geschrei und das Geräusch von Schüssen hallten durch die Nacht, während Cole und seine Freunde sich mutig dem Feind entgegenstellten.

Inmitten des Chaos bemerkte Cole, wie Emma, die Nachbarin, mit einem Gewehr in der Hand kämpfte. Ihre Augen brannten vor Entschlossenheit, und jeder Schuss, den sie abfeuerte, war ein Zeichen ihrer Loyalität zur Gemeinschaft. Es war nicht nur ein Kampf um Land; es war ein Kampf um ihre Identität, um das, was sie zusammen aufgebaut hatten. Cole fühlte sich von dieser Energie mitgerissen, und die Wut über die Bedrohung, die das Kartell darstellte, verwandelte sich in einen unerschütterlichen Willen.

"Wir müssen sie zurückdrängen!", rief Logan, der Scharfschütze, während er präzise auf einen der Anführer des Kartells zielte. Der Schuss hallte durch die Nacht, und der Mann fiel. Cole spürte, wie die Moral seiner Leute stieg. Sie waren nicht allein; sie waren eine Einheit, vereint durch das gemeinsame Ziel, ihre Heimat zu schützen. Jeder Schuss, jede Explosion war ein Schritt näher an ihrem unerwarteten Sieg.

Die erste Welle des Kartells wurde zurückgeschlagen, doch Cole wusste, dass dies erst der Anfang war. Eine zweite Welle war bereits in Bewegung, verstärkt durch ehemalige mexikanische Spezialeinheiten, die für ihre Brutalität bekannt waren. Doch Cole war vorbereitet. "Wir müssen uns neu formieren!", befahl er und leitete seine Männer, während sie sich hinter den Barrikaden neu gruppierten. Die Dorfbewohner arbeiteten zusammen, jeder wusste, was zu tun war, und das Gefühl der Gemeinschaft war stärker als je zuvor.

"Halt die Stellung!", rief Cole, als die nächsten Angreifer heranrückten. Die Schüsse fielen dichter, und die Dunkelheit wurde von Blitzen erhellt. Doch in diesem Moment der Verzweiflung erkannte Cole, dass sie mehr waren als nur Verteidiger. Sie waren Kämpfer, die für ihre Freiheit und ihr Zuhause einstanden. Und das gab ihnen die Kraft, die sie brauchten.

Die Explosion aus der Scheune kam wie ein gewaltiger Donnerschlag. Die Dorfbewohner hatten sich auf Coles Anweisungen verlassen, und die Überraschung war perfekt. Die Angreifer gerieten in Panik, und das Chaos brach erneut aus. Cole sah, wie die Männer des Kartells zurückwichen, und ein Gefühl des Triumphes durchströmte ihn. "Jetzt ist unsere Chance!", rief er und führte seine Männer in den Gegenangriff.

Der Kampf dauerte an, doch die Entschlossenheit der Dorfbewohner war ungebrochen. Sie waren nicht mehr die verängstigten Menschen, die das Kartell einmal eingeschüchtert hatte. Sie waren eine Familie, vereint durch ihre Liebe zu ihrem Land und zueinander. Als die letzten Angreifer flohen, erfüllte ein Gefühl der Hoffnung die Luft. Cole wusste, dass sie einen unerwarteten Sieg errungen hatten, und dieser Sieg war mehr als nur ein militärischer Erfolg; es war ein Zeichen der Stärke und des Zusammenhalts.

Als die ersten Sonnenstrahlen über das Ash Valley schienen, standen Cole und seine Freunde auf dem Feld, umgeben von den Überresten des Kampfes. Der Wind trug den Geruch von frischem Gras und Erde mit sich, und Cole spürte, wie die Hoffnung in ihm aufblühte. Sie hatten gesiegt, aber der Kampf war noch lange nicht vorbei. Die Herausforderungen, die vor ihnen lagen, waren noch immer präsent, und die Entschlossenheit, weiterzukämpfen, brannte in ihren Herzen. Gemeinsam würden sie alles tun, um ihre Heimat zu verteidigen, und nichts würde sie aufhalten können.

# 8
## Die Rückkehr der Schatten

### 8.1 Ehemalige Spezialeinheiten greifen an

Die Berge hatten die Sonne bereits verschluckt, als Cole Barrett und sein Team sich auf das vorbereiteten, was sie tief in ihrem Inneren ahnten, dass es bevorstand. Die Stille des Ash Valley wurde durch das ferne Dröhnen der Motoren gestört, die wie ein unheilvolles Vorzeichen durch die Dunkelheit schnitt. Cole kniete hinter einer alten Scheune, seine Hände fest um den Lauf seines Gewehrs geschlossen, während Ranger, sein treuer deutscher Schäferhund, an seiner Seite lag und unruhig mit den Ohren zuckte.

"Sie sind näher, als ich dachte", murmelte Cole, während er die Augen zusammenkniff, um in die Dunkelheit zu spähen. Seine Gedanken rasten. Ehemalige Spezialeinheiten des Kartells, die sich mit brutalen Methoden einen Namen gemacht hatten, waren eine neue Bedrohung. Diese Männer waren nicht nur gewöhnliche Soldaten; sie waren Elitekämpfer, ausgebildet in Taktiken, die selbst die besten Veteranen in den Schatten stellen konnten. Und jetzt waren sie hier, um zu nehmen, was Cole und die Dorfbewohner so verzweifelt verteidigen wollten.

"Wir müssen uns schnell entscheiden", sagte Logan "Hawk" Monroe, der Scharfschütze des Teams, der auf dem Dach der Scheune lag und mit seinem Gewehr auf die Straße zielte. "Wenn sie einmal hier sind, wird es zu spät sein." Coles Herz schlug schneller. Er wusste, dass Hawk recht hatte. Jeder Moment zählte. Der Gedanke, dass seine Nachbarn in Gefahr waren, ließ ihn kalt werden. "Wir haben nur eine Chance, das zu überstehen", antwortete Cole, während er die anderen ansah. "Wir müssen sie überraschen."

Owen "Blast" Carter, der Sprengstoffexperte, nickte zustimmend. "Ich habe einige Fallen vorbereitet. Wenn wir sie richtig platzieren, können wir sie aufhalten, bevor sie überhaupt die Farm erreichen." Die Anspannung in der Luft war greifbar, als die Männer ihre Strategien besprachen. Cole spürte, wie sich die Verantwortung auf seinen Schultern verdichtete. Es war nicht nur sein Leben, das auf dem Spiel stand, sondern das Leben aller, die ihm am Herzen lagen.

"Emma und die anderen müssen in Sicherheit gebracht werden", fügte Cole hinzu. "Wir können sie nicht in Gefahr bringen." Emma Harlow, die Nachbarin, war eine der wenigen, die die Wahrheit über das Kartell kannte. Ihre Warnungen hatten Cole gewarnt, aber jetzt war es an der Zeit, sie zu schützen. Die Dorfbewohner mussten zusammenhalten, um die bevorstehende Bedrohung abzuwehren.

Die Geräusche der herannahenden Fahrzeuge wurden lauter, und die Scheinwerfer schnitten durch die Dunkelheit wie scharfe Klingen. Cole konnte die Silhouetten der Angreifer erkennen, die sich in einem strategischen Muster bewegten. "Sie sind gut organisiert", bemerkte Ethan "Whisper" Reed, der Kommunikationsexperte, der das Funkgerät bediente. "Wir müssen schnell handeln, bevor sie uns entdecken."

Die Gruppe bereitete sich vor, jeder in seine Position. Cole spürte das Adrenalin durch seine Adern pumpen. Erinnerungen an seine Zeit im Militär kamen zurück, an die Einsätze, bei denen das Überleben oft von der Schnelligkeit und Präzision der Entscheidungen abhing. Jetzt war er wieder in dieser Rolle, und die Verantwortung lastete schwer auf ihm.

"Haltet die Augen offen und bleibt ruhig", flüsterte Cole, während er sich in seine Position begab. Die Dunkelheit um sie herum schien lebendig zu werden, als die ersten Angreifer die Farm erreichten. Cole atmete tief ein, der Geruch von frischem Heu und Erde vermischte sich mit der Aufregung des bevorstehenden Kampfes. In diesem Moment wusste er, dass sie alles riskieren mussten, um ihre Gemeinschaft zu verteidigen.

Plötzlich ertönte ein lauter Knall, als Blast die erste Falle auslöste. Ein Wagen explodierte in einem Feuerball, der die Nacht erhellte und Schreie der Überraschung und des Schmerzes ausstieß. Cole nutzte den Moment, um seine Waffe zu heben und zu feuern. Die ersten Schüsse fielen, und die Dunkelheit wurde von dem Licht der Explosion durchbrochen. Chaos brach aus, als die Angreifer in Panik gerieten.

"Jetzt!", rief Cole und stürmte voran, gefolgt von seinen Kameraden. Der Kampf war brutal und intensiv, jeder Schuss, den sie abgaben, war ein Akt des Überlebens. Die Dorfbewohner kämpften nicht nur für ihr Land, sondern auch für ihre Familien und ihre Zukunft. Die Angst war greifbar, aber ebenso der Mut, der sie antrieb. Inmitten des Chaos spürte Cole, dass dies der entscheidende Moment war, der nicht nur ihr Schicksal, sondern auch das ihrer Gemeinschaft bestimmen würde.

Die Elite des Kartells hatte ihre Grenzen überschritten, und Cole wusste, dass sie nicht aufgeben durften. Die Dunkelheit war ihr Feind, aber auch ihre Verbündete. Gemeinsam würden sie kämpfen, und gemeinsam würden sie gewinnen oder fallen. Es war an der Zeit, sich dem Feind zu stellen und alles zu riskieren, was ihnen lieb war.

## 8.2 Die Bedrohung wird greifbar

Ein schwerer Schleier der Nacht legte sich über das Ash Valley, und mit ihm kam eine bedrückende Stille, die nur von den fernen Klängen der Natur durchbrochen wurde. Diese Ruhe war jedoch trügerisch. Cole Barrett kniete hinter einem alten Traktor, seine Hände zitterten leicht, nicht aus Angst, sondern aus Vorfreude auf den bevorstehenden Kampf. Die Scheinwerfer der angreifenden Fahrzeuge schimmerten in der Dunkelheit wie die Augen eines Raubtiers, das auf seine Beute lauert. Die Dorfbewohner hatten sich versammelt, ihre Gesichter waren von Entschlossenheit und Furcht geprägt. Jeder wusste, dass dies der Moment war, auf den sie sich vorbereitet hatten.

"Sie kommen!", rief Emma Harlow, ihre Stimme fest und klar, während sie an Cole vorbeischaute. Ihre Augen waren weit geöffnet, und Cole konnte die Panik darin sehen, aber auch den unerschütterlichen Willen, für ihre Gemeinschaft zu kämpfen. Er nickte, sein Herz schlug schneller. "Wir müssen bereit sein", murmelte er, während er seine Gedanken sammelte. Erinnerungen an seine Zeit als Soldat blitzten in seinem Kopf auf, als er seine Männer auf den bevorstehenden Kampf vorbereitete. Hier war es anders; es ging nicht nur um ihn, sondern um die Menschen, die er beschützen wollte.

Die Dorfbewohner hatten sich aufgeteilt, jeder hatte eine Aufgabe. Einige waren mit Waffen ausgerüstet, andere hatten improvisierte Verteidigungsanlagen errichtet. Cole sah, wie Sam, der Sohn von Ben, mit einer alten Schaufel in der Hand stand, seine kleinen Schultern angespannt. Der Junge hatte in den letzten Tagen eine bemerkenswerte Reife gezeigt, und Cole fühlte sich verpflichtet, ihn zu beschützen. "Bleib in der Nähe von Laura", sagte er leise, als er an dem Jungen vorbeiging. Sam nickte, aber Cole konnte die Unsicherheit in seinen Augen sehen. Er wollte nicht, dass der Junge die Brutalität des Krieges miterleben musste, aber er wusste, dass es unvermeidlich war.

"Cole, was ist, wenn sie uns überwältigen?", fragte Laura, ihre Stimme zitterte, als sie neben ihm stand. Ihre Besorgnis war spürbar, und Cole fühlte den Druck ihrer Angst. "Wir werden nicht aufgeben", antwortete er fest. "Wir kämpfen zusammen. Das ist unser Zuhause." Er wusste, dass seine Worte nicht nur sie beruhigen sollten, sondern auch ihn selbst. In diesem Moment war er nicht nur ein ehemaliger Soldat, sondern ein Beschützer, ein Anführer, der seine Familie und Nachbarn verteidigen musste.

Die ersten Schüsse fielen, und die Stille wurde durch das Echo von Geschossen durchbrochen. Cole sprang auf, seine militärische Ausbildung übernahm die Kontrolle. "Jetzt!", rief er, und die Dorfbewohner bewegten sich schnell, jeder wusste, was zu tun war. Die Fallen, die er vorbereitet hatte, wurden aktiviert, und die ersten Angreifer fielen in die Gruben, die er ausgegraben hatte. Ein kurzer Moment der Hoffnung blitzte in Coles Herzen auf, als er sah, wie die Übermacht der Kartellmitglieder ins Wanken geriet.

Doch die Freude währte nicht lange. Plötzlich ertönte ein lautes Krachen, als ein gepanzertes Fahrzeug durch die Dunkelheit brach. "Das ist nicht gut", murmelte Cole, als er die massive Bedrohung erkannte. Die Dorfbewohner schienen für einen Moment erstarrt, als sie die Stärke des Feindes sahen. Cole wusste, dass sie jetzt alles riskieren mussten. "Holt die Scharfschützen!", befahl er und wies Logan an, sich in Position zu bringen. Die Anspannung war greifbar, und jeder Atemzug schien die Luft dicker zu machen.

"Wir können das schaffen", flüsterte Emma, als sie sich neben Cole stellte. Ihre Stimme war ruhig, aber Cole konnte die Entschlossenheit in ihren Augen sehen. Sie waren bereit, alles zu geben, um ihre Heimat zu verteidigen. In diesem Moment wurde Cole klar, dass es nicht nur um den Kampf gegen das Kartell ging, sondern auch um die Wiederherstellung der Hoffnung in den Herzen der Menschen, die ihm am meisten bedeuteten.

Die ersten Schüsse fielen erneut, und die Dorfbewohner erwachten aus ihrer Starre. Cole fühlte, wie der Adrenalinrausch durch seinen Körper strömte. "Für das Ash Valley!", rief er, und die anderen stimmten ein. Es war der Moment, in dem sie alle zusammenkamen, vereint in ihrem Ziel, ihre Gemeinschaft zu schützen. Der Kampf war brutal, und die Dunkelheit schien sie zu umhüllen, aber in ihren Herzen brannte das Licht der Entschlossenheit. Sie würden nicht aufgeben. Sie würden kämpfen.

## 8.3 Coles Team bereitet sich vor

Die Dämmerung legte sich sanft über das Ash Valley, während Cole und sein Team um den massiven Tisch in der alten Scheune versammelt waren. Karten und Notizen bedeckten die Wände, auf denen Strategien und mögliche Angriffswege des Kartells skizziert waren. Jeder Veteran brachte seine Erfahrungen ein, und die Atmosphäre war durch eine Mischung aus Anspannung und Entschlossenheit geprägt. Cole fühlte, wie Erinnerungen an seine militärische Vergangenheit in ihm aufstiegen, als er die Gesichter seiner Kameraden betrachtete – Männer, die bereit waren, für ihre Gemeinschaft zu kämpfen.

"Wir müssen die Positionen um die Farm verstärken", begann Cole, seine Stimme fest und klar. "Die ersten Angriffe haben uns einen Vorteil verschafft, aber wir können uns nicht auf unseren Lorbeeren ausruhen. Das Kartell wird zurückschlagen, und wir müssen vorbereitet sein." Seine Worte hallten in der Stille wider, während jeder im Raum nickte und die Schwere der Situation begriff.

Logan "Hawk" Monroe, der Scharfschütze, meldete sich zu Wort. "Ich kann von den Hügeln aus decken. Wenn sie versuchen, sich durch die Felder zu bewegen, werde ich sie sehen, bevor sie uns erreichen." Er zeigte auf einen strategisch günstigen Punkt auf der Karte. "Wir sollten auch einige von diesen Sprengfallen dort platzieren, um sie zu überraschen." Cole nickte zustimmend. Die Kreativität und Erfahrung seines Teams waren entscheidend für den bevorstehenden Kampf.

Owen "Blast" Carter, der Sprengstoffexperte, grinste. "Ich habe ein paar neue Ideen für die Fallen. Wenn wir sie richtig platzieren, wird es wie ein Feuerwerk aussehen, nur dass sie die einzigen sind, die brennen werden." Die Stimmung im Raum lockerte sich ein wenig, und ein Lächeln breitete sich auf Coles Gesicht aus. Es war wichtig, auch in solch ernsten Zeiten einen Funken Humor zu bewahren.

"Wir müssen auch die Dorfbewohner einbeziehen", fügte Ethan "Whisper" Reed hinzu, der Kommunikationsexperte. "Sie müssen wissen, was auf sie zukommt, und wir sollten sie in unsere Pläne einbeziehen. Gemeinsam sind wir stärker." Cole stimmte zu. Es war nicht nur sein Kampf; es war der Kampf der gesamten Gemeinschaft. Er wollte, dass sie sich als Teil des Plans fühlten, nicht nur als passive Zuschauer.

"Wir werden eine Versammlung einberufen", entschied Cole. "Jeder muss informiert werden. Wenn wir zusammenarbeiten, können wir die Bedrohung abwehren." Ein Gefühl der Hoffnung erfüllte den Raum, als die Männer begannen, ihre Pläne auszuarbeiten. Sie diskutierten, lachten und motivierten sich gegenseitig, während sie die Taktiken verfeinerten.

Die Stunden vergingen, und die Dunkelheit umhüllte die Farm. Cole blickte aus dem Fenster und sah die Sterne am Himmel funkeln. Es war eine friedliche Nacht, aber in seinem Inneren brodelte die Anspannung. Er wusste, dass der Sturm bald kommen würde. Die Vorbereitungen waren wichtig, aber die Unsicherheit über das, was kommen würde, nagte an ihm.

"Was ist, wenn wir nicht gewinnen?", fragte Sam, der Junge, der in den letzten Tagen so viel über das Leben auf der Farm gelernt hatte. Cole kniete sich neben ihn und sah ihm in die Augen. "Wir werden alles tun, was wir können, um zu gewinnen. Aber selbst wenn wir verlieren, werden wir nicht aufgeben. Wir kämpfen für unsere Familien, für unsere Nachbarn und für unser Zuhause. Das ist es, was zählt."

Sam nickte, und Cole konnte den Funken des Verständnisses in seinen Augen sehen. Es war mehr als nur ein Kampf um Land; es war ein Kampf um die Seele ihrer Gemeinschaft. Die Dorfbewohner hatten sich zusammengeschlossen, und das gab Cole die Kraft, die er brauchte.

Als die Nacht tiefer wurde, schlossen sie ihre Besprechung ab und machten sich bereit, ihre Positionen einzunehmen. Cole fühlte sich zuversichtlich. Die Kreativität und Entschlossenheit seines Teams gaben ihm Hoffnung. Sie waren bereit, den nächsten Sturm zu überstehen. Und egal, was passierte, sie würden es gemeinsam tun.

Mit einem letzten Blick auf die Karte und den Gesichtern seiner Freunde fühlte Cole, wie die Anspannung in ihm nachließ. Es war Zeit zu kämpfen, und sie würden nicht alleine sein. Gemeinsam würden sie die Dunkelheit besiegen.

# 9
# Kreative Verteidigung

## 9.1 Die Explosion aus der Scheune

Die Nacht war von einer drückenden Anspannung durchzogen, als Cole Barrett und sein Team sich im Dunkel des Ash Valley versammelten. Der entfernte Klang von Motoren durchbrach die Stille, während sie sich auf den bevorstehenden Angriff des mexikanischen Kartells vorbereiteten. Cole war sich bewusst, dass sie nur einen entscheidenden Vorteil benötigten, um die Übermacht der Angreifer zu überwinden. In der Ferne leuchteten die Scheinwerfer wie gierige Augen, die darauf warteten, ihre Beute zu finden.

"Wir müssen die Scheune nutzen", sagte Cole mit fester Stimme. "Die Sprengladungen sind bereit, und wir können sie als Ablenkung einsetzen. Wenn sie glauben, dass wir uns dort verstecken, können wir sie überraschen." Seine Worte hallten in den Köpfen seiner Kameraden wider, allesamt Veteranen, die die Schwere der Situation erfassten. Gemeinsam hatten sie in der Vergangenheit gekämpft, und nun standen sie wieder Seite an Seite, entschlossen, ihre Heimat zu verteidigen.

Logan "Hawk" Monroe, der Scharfschütze des Teams, nickte zustimmend. "Ich kann das Feuer eröffnen, sobald die Explosion erfolgt. Das wird ihnen den letzten Nerv rauben." Owen "Blast" Carter, der Sprengstoffexperte, überprüfte erneut die Zündmechanismen, während Ethan "Whisper" Reed die Kommunikationsgeräte justierte. Jeder wusste, was auf dem Spiel stand. Es ging nicht nur um ihr Leben, sondern auch um das ihrer Nachbarn und der Gemeinschaft, die sie beschützen wollten.

Die Minuten zogen sich wie Stunden, während sie auf das Geräusch der herannahenden Fahrzeuge warteten. Coles Herz schlug schneller, und Erinnerungen an die unzähligen Kämpfe seiner militärischen Karriere stiegen in ihm auf. Doch diesmal war es anders. Diesmal kämpfte er nicht für ein Land oder eine Regierung, sondern für die Menschen, die ihm am Herzen lagen. Die Dorfbewohner, die ihm vertrauten, hatten ihn in die Rolle des Beschützers gedrängt, und er würde nicht versagen.

Als die ersten Scheinwerfer näher kamen, hielt Cole den Atem an. "Jetzt!", rief er, und Owen drückte den Zünder. Ein ohrenbetäubender Knall erfüllte die Nacht, gefolgt von einem grellen Licht, das die Dunkelheit durchbrach. Die Explosion aus der Scheune war spektakulär und unerwartet. Staub und Trümmer wirbelten durch die Luft, während die Angreifer für einen Moment in Schockstarre verharrten. Es war der perfekte Moment für Cole und sein Team, zuzuschlagen.

"Feuer frei!", brüllte Cole, und die Waffen seiner Kameraden eröffneten das Feuer. Präzise Schüsse durchbrachen die Stille, und die Angreifer gerieten in Panik. Die Überraschung hatte ihnen den Wind aus den Segeln genommen. Cole beobachtete, wie die ersten Gegner fielen, getroffen von den Kugeln seiner Männer. Der Kampf, brutal und chaotisch, entwickelte sich zu einem Tanz des Überlebens, in dem jeder Schuss und jede Bewegung entscheidend war.

Die Explosion hatte nicht nur die Angreifer überrascht, sondern auch Cole und seinem Team einen strategischen Vorteil verschafft. Sie nutzten die Verwirrung der Feinde, um sich in Position zu bringen und ihre Verteidigungsstrategien anzupassen. Cole fühlte sich lebendig, als er durch den Rauch und die Trümmer sprang, seine militärische Ausbildung wieder in den Vordergrund rückend. Hier war kein Platz für Fehler, und jeder Schritt musste wohlüberlegt sein.

Doch die Bedrohung war noch lange nicht gebannt. Aus der Dunkelheit tauchten weitere Angreifer auf, und Cole wusste, dass sie sich auf einen langen Kampf einstellen mussten. "Haltet durch!", rief er seinen Männern zu. "Wir haben die Oberhand, aber wir müssen zusammenarbeiten!" Die Worte schienen in der Luft zu hängen, während sie sich gegenseitig anfeuerten und ihre Positionen hielten.

Die Intensität des Kampfes war überwältigend. Schüsse hallten durch die Nacht, und die Schreie der Verwundeten mischten sich mit dem Dröhnen der Explosionen. Cole spürte, wie die Kreativität und der Einfallsreichtum seines Teams auf die Probe gestellt wurden. Sie hatten nicht nur die Explosion als Ablenkung genutzt, sondern auch improvisierte Fallen und Verteidigungsstrategien entwickelt, die die Angreifer weiter verwirrten.

Inmitten des Chaos fiel Coles Blick auf Sam, den Sohn seiner verstorbenen Freundin Laura. Der Junge hatte sich in Sicherheit gebracht, aber Cole konnte die Angst in seinen Augen sehen. Diese Erkenntnis verstärkte seinen Willen, alles zu tun, um die Bedrohung abzuwenden. Er würde nicht zulassen, dass das Kartell die Unschuldigen verletzte. Die Explosion war nur der Anfang; der wahre Kampf lag noch vor ihnen.

Die Explosion aus der Scheune hatte den Verlauf des Kampfes verändert und die Angreifer überrascht. Coles militärische Erfahrung und seine Fähigkeit, in Krisenzeiten zu handeln, waren der Schlüssel zu diesem Moment. Doch während der Kampf weiterging, wusste Cole, dass sie alle an ihre Grenzen gehen mussten. Die Auseinandersetzung war nicht nur ein Test ihrer Fähigkeiten, sondern auch ein Beweis für die Stärke der Gemeinschaft, die sie verteidigten.

## 9.2 Präzises Scharfschützenfeuer

Die Dunkelheit hatte sich über die Landschaft gelegt, und mit ihr kam eine Stille, die nur von den sanften Geräuschen der Natur durchbrochen wurde. Diese Ruhe war jedoch trügerisch. Cole Barrett war sich bewusst, dass die Nacht nicht nur Schutz bot, sondern auch Gefahren barg. Hinter einer alten Scheune verborgen, spürte er das Adrenalin in seinen Adern pulsieren. Sein Herz schlug schnell, während er die Umgebung absuchte. Die frischen Spuren auf seinem Land hatten ihn gewarnt, und nun war es an der Zeit, sich dem Feind zu stellen.

Logan "Hawk" Monroe, der Scharfschütze seines Teams, hatte sich bereits in Position gebracht. Mit einem entschlossenen Blick nickte er Cole zu, während er sein Gewehr justierte. "Ich habe sie im Visier", flüsterte er, seine Stimme ruhig und kontrolliert. Cole konnte die Anspannung in der Luft förmlich spüren. Jeder wusste, dass dies ein entscheidender Moment war, nicht nur für ihre Farm, sondern für die gesamte Gemeinschaft. Wenn sie scheiterten, würde das Kartell nicht nur ihre Heimat übernehmen, sondern auch ihre Seelen brechen.

Die ersten Lichter der Angreifer tauchten am Horizont auf, und Cole atmete tief ein. "Bereit machen!", rief er. Die Dorfbewohner, die sich um ihn versammelt hatten, waren nervös, aber auch entschlossen. Sie hatten sich zusammengeschlossen, um gegen die Bedrohung zu kämpfen, die über ihnen schwebte. In diesem Moment fühlte Cole die Verantwortung, die auf seinen Schultern lastete. Er war nicht nur ein Farmer; er war der Beschützer seiner Gemeinschaft.

Die ersten Schüsse fielen, und Hawk war wie ein Schatten, der über das Schlachtfeld glitt. Mit tödlicher Genauigkeit traf er die ersten Angreifer, die aus den Fahrzeugen sprangen. Die Schreie der Verwundeten hallten durch die Nacht, und Cole spürte einen Schauer über seinen Rücken laufen. Es war der Klang des Krieges, den er so gut kannte, und doch war es anders. Diesmal kämpfte er nicht für ein Land oder eine Flagge, sondern für die Menschen, die ihm am Herzen lagen.

"Wir müssen sie zurückdrängen!", rief Cole, während er selbst in den Kampf eingriff. Die Dorfbewohner folgten seinem Beispiel, und gemeinsam setzten sie alles daran, ihre Farm zu verteidigen. Die Angreifer waren zahlreich, aber die Entschlossenheit der Verteidiger war ungebrochen. Cole wusste, dass sie nicht nur für sich selbst kämpften, sondern auch für die Zukunft ihrer Kinder.

Ein weiterer Schuss ertönte, und Cole sah, wie ein Angreifer zu Boden fiel. Hawk hatte erneut zugeschlagen. "Das ist unser Land!", rief Cole, und seine Stimme hallte durch die Nacht. "Wir werden nicht weichen!" Die Worte waren ein Aufruf zur Einheit, und sie schienen die Dorfbewohner zu stärken. Sie kämpften nicht nur gegen das Kartell, sondern auch gegen die Angst, die sie seit Wochen verfolgt hatte.

Die Angreifer begannen, sich zurückzuziehen, als die Dorfbewohner ihren Mut und ihre Entschlossenheit zeigten. Doch Cole wusste, dass dies nur der Anfang war. Das Kartell würde nicht einfach aufgeben. "Wir müssen vorbereitet sein", murmelte er zu sich selbst, während er die verwüstete Farm betrachtete. Die Zerstörung war erheblich, aber die Hoffnung war stärker. Sie hatten den ersten Sturm überstanden, und jetzt mussten sie sich auf das vorbereiten, was noch kommen würde.

Inmitten des Chaos bemerkte Cole Sam, der neben Ranger stand und die Szene mit großen Augen beobachtete. Der Junge hatte eine bemerkenswerte Beobachtungsgabe, und Cole spürte, dass er ihm beibringen musste, wie man in solchen Zeiten stark bleibt. "Du wirst eines Tages ein großer Beschützer sein", dachte Cole, während er den Jungen ansah. Diese Gedanken wurden jedoch jäh unterbrochen, als die nächsten Angreifer näher kamen.

"Sie kommen wieder!", rief einer der Nachbarn, und die Anspannung stieg erneut. Cole wandte sich an Hawk. "Wir müssen uns neu formieren. Bereite dich vor!" Die nächste Welle würde härter werden, und sie mussten bereit sein, alles zu geben. Die Entschlossenheit in Coles Herzen brannte hell, während er sich darauf vorbereitete, erneut in den Kampf zu ziehen. Dies war nicht nur ein Kampf um Land, sondern um das, was sie liebten und schätzten.

Die Dunkelheit umhüllte sie, aber in Coles Brust brannte ein Licht der Hoffnung. Gemeinsam würden sie kämpfen, und egal, was passierte, sie würden nicht aufgeben. Der Scharfschütze hatte mit tödlicher Genauigkeit getroffen, und jetzt war es an der Zeit, dass jeder Einzelne von ihnen seine Stärke zeigte. Die Nacht war noch lange nicht vorbei, und der Kampf um Ash Valley hatte gerade erst begonnen.

## 9.3 Panik unter den Angreifern

Ein tiefschwarzer Himmel spannte sich über das Ash Valley, als die ersten Schüsse durch die Nacht hallten. Cole Barrett drückte sich an die Wand der Scheune, das Adrenalin strömte durch seine Adern. Um ihn herum war der Kampf ein chaotisches Durcheinander aus Schreien, Schüssen und dem Dröhnen von Motoren. Die Angreifer, einst voller Selbstvertrauen, waren nun in Panik geraten. Ihre Überzahl hatte sie nicht auf den unerwarteten Widerstand vorbereitet, den Cole und seine Nachbarn leisteten.

Mit einem letzten Blick auf die aufgebrachten Gesichter seiner Freunde und Nachbarn, die Seite an Seite mit ihm kämpften, fühlte Cole eine Welle der Entschlossenheit. Er wusste, dass sie nicht nur für ihre Farm kämpften, sondern für ihre Gemeinschaft, für alles, was ihnen lieb und teuer war. "Jetzt!", rief er, und die Dorfbewohner stürmten vor, ihre Waffen fest in den Händen.

Die Explosion aus der Scheune war der Wendepunkt. Ein ohrenbetäubender Knall zerriss die Nacht, gefolgt von einem Feuerball, der die Angreifer überraschte. Cole sah, wie einige der Kartellmitglieder zurückwichen, während andere versuchten, sich zu sammeln. Doch die Dorfbewohner hatten die Oberhand gewonnen. "Halt die Linie!", schrie Logan, der Scharfschütze, während er präzise Schüsse abfeuerte, die die Angreifer weiter in die Flucht schlugen.

Die Atmosphäre war elektrisierend. Jeder Schuss, jede Explosion verstärkte den Zusammenhalt der Verteidiger. Emma Harlow, die sich mutig an Coles Seite gekämpft hatte, warf einen Blick über die Schulter und nickte ihm zu. Ihre Augen funkelten vor Entschlossenheit. "Wir schaffen das!", rief sie, und Cole spürte, wie sich sein Herz mit Hoffnung füllte. Es war nicht nur ein Kampf um Land; es war ein Kampf um die Seele ihrer Gemeinschaft.

Die Angreifer, die noch vor wenigen Minuten so überlegen erschienen waren, gerieten in Panik. Einige begannen, sich zurückzuziehen, während andere in die Dunkelheit flohen, ihre Gesichter von Angst verzerrt. Cole sah, wie einer der Männer, der zuvor mit unerschütterlicher Zuversicht aufgetreten war, jetzt mit weit aufgerissenen Augen in die Nacht rannte, als ob die Schatten selbst ihn verfolgten. "Sie brechen zusammen!", rief Ethan, der Kommunikationsexperte, während er die Situation beobachtete. "Wir müssen nachsetzen!"

"Nein!", antwortete Cole, der die Auswirkung ihrer Verteidigung spürte. "Lass sie gehen. Wir haben genug getan." In diesem Moment verstand er, dass sie mehr gewonnen hatten als nur einen Kampf. Sie hatten die Stärke ihrer Gemeinschaft bewiesen, die Entschlossenheit, für das einzustehen, was ihnen wichtig war. Der Triumph über die Angreifer war nicht nur ein Sieg über Gewalt, sondern auch ein Sieg über die Angst, die sie so lange verfolgt hatte.

Als die letzten Schüsse verklangen und die Stille über das Tal hereinbrach, fiel eine seltsame Ruhe über die Gruppe. Die Dorfbewohner standen zusammen, erschöpft, aber sie hatten gesiegt. Cole sah in die Gesichter seiner Nachbarn und fühlte, wie eine Welle der Erleichterung und des Stolzes durch ihn hindurchfloss. "Wir haben es geschafft", murmelte Laura, die an seiner Seite stand, während Sam, ihr Sohn, an ihrem Bein festhielt und mit großen Augen zu Cole aufblickte.

"Ja, wir haben es geschafft", antwortete Cole, und in diesem Moment wusste er, dass sie bereit waren, sich jeder Herausforderung zu stellen, die noch kommen würde. Die Dunkelheit hatte sich zurückgezogen, und das Licht der Morgendämmerung begann, den Horizont zu erhellen. Es war ein neuer Tag, und mit ihm kam die Hoffnung auf eine bessere Zukunft.

Doch in Cole regte sich auch die Erkenntnis, dass dies nur der Anfang war. Die Bedrohung war nicht vollständig besiegt, und die Narben des Kampfes würden noch lange bleiben. Aber jetzt wusste er, dass sie nicht allein waren. Gemeinsam konnten sie alles überwinden. Und während die Sonne langsam über dem Ash Valley aufging, spürte Cole die Entschlossenheit in sich wachsen, weiterzukämpfen, egal was kommen mochte.

# 10
## Nachbarschaftliche Solidarität

### 10.1 Lokale Farmer schließen sich Cole an

Hoch am Himmel strahlte die Sonne über das Ash Valley und tauchte die versammelten Dorfbewohner in ein goldenes Licht. Die gewohnte Stille des Tals war einem unbehaglichen Murmeln gewichen, das die Anspannung der Situation widerspiegelte. Im Zentrum der Versammlung stand Cole Barrett, ein ehemaliger Elite-Soldat, umgeben von Nachbarn, deren besorgte Blicke auf ihn gerichtet waren. Die frischen Spuren schwerer Fahrzeuge auf seiner Farm hatten nicht nur ihn, sondern die gesamte Gemeinschaft alarmiert. Die Bedrohung durch das mexikanische Kartell konnte nicht länger ignoriert werden.

"Wir müssen zusammenhalten", begann Cole mit fester Stimme. "Wenn wir jetzt nicht handeln, wird es zu spät sein." Er blickte in die Gesichter der versammelten Männer und Frauen, deren Augen sowohl Angst als auch Entschlossenheit zeigten. Unter ihnen war Emma Harlow, die ihm zuvor von den brutalen Machenschaften des Kartells berichtet hatte. Sie nickte zustimmend, und ihre Anwesenheit gab Cole das Gefühl, dass er nicht allein war. "Wir können nicht zulassen, dass sie uns unsere Heimat nehmen", fügte sie hinzu, und ihre Worte hallten in den Herzen der Anwesenden wider.

Die Dorfbewohner waren sich der Gefahren bewusst, die vor ihnen lagen. Einige hatten bereits von Übergriffen gehört, andere hatten Freunde oder Verwandte verloren. Diese Erfahrungen schufen eine gemeinsame Basis, die sie zusammenschweißte. "Wir sind hier aufgewachsen, wir haben hier gelebt und gearbeitet. Wir können nicht einfach zusehen, wie alles, was wir aufgebaut haben, zerstört wird", rief ein älterer Farmer, dessen Hände von harter Arbeit gezeichnet waren. Seine Stimme zitterte vor Emotionen, und die anderen stimmten ihm zu. Die Entschlossenheit, ihre Gemeinschaft zu verteidigen, war spürbar.

Die Diskussion wurde lebhafter, als die Menschen ihre Ideen und Strategien austauschten. Einige schlugen vor, Wachen aufzustellen, während andere die Idee hatten, sich mit den benachbarten Farmen zu verbünden. Cole hörte aufmerksam zu, während er über die Möglichkeiten nachdachte. Es war wichtig, dass sie nicht nur als Einzelne, sondern als vereinte Gemeinschaft agierten. "Wir müssen einen Plan entwickeln, der uns alle schützt", sagte er schließlich. "Jeder von euch hat Fähigkeiten, die wir nutzen können. Gemeinsam sind wir stärker."

Die Gespräche wurden konkreter, als sie begannen, sich auf die Verteidigungsstrategien zu konzentrieren. Einige der Farmer hatten Erfahrung im Umgang mit Waffen, während andere Kenntnisse in der Landwirtschaft hatten, die sie in der Verteidigung ihrer Höfe einsetzen konnten. Cole stellte fest, dass die Kombination ihrer Talente entscheidend sein würde. "Wir sollten auch einen Kommunikationsplan erstellen", schlug Ethan, ein ehemaliger Kommunikationsexperte, vor. "Wir müssen in der Lage sein, schnell zu reagieren, wenn etwas passiert."

Während die Gruppe weiter diskutierte, bemerkte Cole, wie die anfängliche Angst allmählich in Zuversicht umschlug. Es war inspirierend zu sehen, wie die Dorfbewohner, die einst isoliert und ängstlich waren, nun bereit waren, für ihre Heimat zu kämpfen. Die Loyalität, die sie zueinander empfanden, wurde zur treibenden Kraft hinter ihren Entscheidungen. Cole spürte, dass sie einen Wendepunkt erreicht hatten – nicht nur für sich selbst, sondern für die gesamte Gemeinschaft.

"Wir müssen uns auch um die Familien kümmern", erinnerte Emma alle daran. "Wir dürfen nicht vergessen, dass es nicht nur um uns geht, sondern auch um unsere Kinder und die Zukunft, die wir ihnen bieten wollen." Ihre Worte trafen Cole tief. Er dachte an Laura und Sam, die nun unter seinem Schutz standen. Es war seine Verantwortung, nicht nur ihre Sicherheit zu gewährleisten, sondern auch die der gesamten Gemeinschaft.

Als die Versammlung zu Ende ging, fühlte Cole eine Welle der Hoffnung. Die Dorfbewohner hatten sich entschieden, zusammenzustehen, und diese Entscheidung war mehr als nur ein Akt des Widerstands. Es war ein Zeichen ihrer Loyalität und ihrer Entschlossenheit, die Herausforderungen, die vor ihnen lagen, gemeinsam zu bewältigen. Sie waren bereit, für ihre Heimat zu kämpfen, und in diesem Moment wurde Cole klar, dass sie nicht nur Nachbarn waren, sondern eine Familie.

Die Dunkelheit, die über das Tal schwebte, schien nicht mehr so bedrohlich. Stattdessen brannte in den Herzen der Dorfbewohner ein neues Licht – das Licht der Hoffnung und des Zusammenhalts. Sie würden kämpfen, und sie würden nicht alleine sein. In Krisenzeiten war die Stärke der Gemeinschaft das, was sie durch die kommenden Stürme tragen würde.

## 10.2 Gemeinsame Strategien entwickeln

In der alten Scheune von Cole versammelten sich die Dorfbewohner, umgeben von Wänden, die die Geschichten vergangener Ernten und gemeinsamer Feste atmeten. Die Atmosphäre war jedoch heute angespannt, durchzogen von einem Gefühl der Dringlichkeit. Jeder war sich der Bedrohung durch das Kartell bewusst, die nicht nur das Überleben, sondern auch die Integrität ihrer Gemeinschaft in Frage stellte. Cole stand vorne, seine Augen suchten die vertrauten Gesichter seiner Nachbarn, die nun von Angst und Unsicherheit geprägt waren.

"Wir müssen zusammenarbeiten", begann Cole, seine Stimme fest und entschlossen. "Jeder von uns hat etwas, das er beitragen kann. Wir sind nicht allein, und wir dürfen uns nicht von der Angst leiten lassen." Seine Worte hallten in der Scheune wider, während die Dorfbewohner einander ansahen, als würden sie zum ersten Mal die Schwere der Situation wirklich begreifen. Emma Harlow, die mutige Nachbarin, nickte zustimmend. "Wir müssen unsere Stärken bündeln. Jeder kennt das Land, jeder hat Fähigkeiten, die wir nutzen können."

Ein murmelndes Einverständnis breitete sich aus, während Cole einen Plan entwarf. "Wir brauchen Wachen, die die Umgebung im Auge behalten. Emma, du und deine Familie könntet die Patrouillen übernehmen. Ihr kennt die besten Wege durch die Felder." Emma nickte, und ein Hauch von Entschlossenheit blitzte in ihren Augen auf. "Wir werden keine Zeit verlieren. Wenn wir die Angreifer sehen, müssen wir schnell handeln."

Die Dorfbewohner begannen, ihre eigenen Ideen einzubringen. Old Man Jenkins, der immer noch stark und fit war, bot an, Fallen zu bauen. "Ich habe schon früher mit diesen Dingen gearbeitet. Wir können die Eingänge zur Farm sichern und die Angreifer überraschen." Die Idee, Fallen zu nutzen, wurde mit Begeisterung aufgenommen. Es war eine Möglichkeit, ihre Überlegenheit in der Anzahl der Angreifer auszugleichen.

"Wir müssen auch unsere Kommunikationswege verbessern", fügte Cole hinzu. "Ethan, du hast Erfahrung mit Funkgeräten. Kannst du ein System einrichten, damit wir jederzeit in Kontakt bleiben?" Ethan, der schüchterne Kommunikationsexperte, nickte nervös, aber die Verantwortung schien ihn zu motivieren. "Ja, ich kann das machen. Ich werde alles tun, um sicherzustellen, dass wir schnell reagieren können."

Während die Pläne geschmiedet wurden, spürte Cole, wie sich eine Welle der Solidarität durch den Raum bewegte. Es war nicht nur ein Kampf um ihr Land; es war ein Kampf um ihre Identität, um das, was sie als Gemeinschaft ausmachte. Jeder brachte seine Ängste und Hoffnungen ein, und gemeinsam schufen sie einen Plan, der nicht nur auf Verteidigung, sondern auch auf Angriff abzielte.

"Wir müssen bereit sein, zurückzuschlagen", sagte Cole mit Nachdruck. "Wenn das Kartell denkt, sie können uns einfach überrennen, irren sie sich. Wir werden kämpfen, und wir werden gewinnen." Die Entschlossenheit in seiner Stimme war ansteckend. Die Dorfbewohner begannen, sich gegenseitig zu ermutigen, ihre eigenen Ängste abzulegen und stattdessen auf die Stärke der Gemeinschaft zu setzen.

In den folgenden Tagen arbeiteten sie unermüdlich. Die Dorfbewohner halfen einander, ihre Farmen zu sichern, während Cole und seine Veteranen Strategien entwickelten, um die Angreifer zu überlisten. Sie teilten ihre Kenntnisse über Taktiken und Waffen, und die Gemeinschaft wuchs enger zusammen. Cole fühlte sich nicht mehr wie ein einsamer Soldat, sondern als Teil einer Familie, die bereit war, alles zu riskieren, um ihre Heimat zu verteidigen.

Doch inmitten all dieser Vorbereitungen nagte eine ständige Sorge an Cole. Was, wenn ihre Bemühungen nicht ausreichten? Was, wenn das Kartell stärker war, als sie dachten? Diese Gedanken schwebten über ihm wie dunkle Wolken, die den Himmel verdunkelten. Aber er wusste, dass sie jetzt keine Zeit für Zweifel hatten. Sie mussten sich auf das konzentrieren, was sie kontrollieren konnten: ihre Entschlossenheit, ihre Kreativität und ihren unerschütterlichen Glauben aneinander.

Der Tag des ersten Angriffs rückte näher, und die Dorfbewohner waren bereit. Sie hatten sich zusammengeschlossen, um eine Verteidigungslinie zu bilden, die stark genug war, um das Kartell abzuhalten. Cole sah in die Gesichter seiner Nachbarn und spürte, dass sie bereit waren, alles zu geben. Die Stärke ihrer Gemeinschaft war ihre größte Waffe, und sie würden nicht kampflos aufgeben.

## 10.3 Ein Gefühl der Gemeinschaft entsteht

Langsam verschwand die Sonne hinter den Bergen des Ash Valley, während die letzten Strahlen des Tages die Landschaft in ein warmes, goldenes Licht tauchten. Inmitten dieser Idylle versammelten sich die Dorfbewohner auf Coles Farm, ihre Gesichter von Entschlossenheit und Loyalität geprägt. Gemeinsam hatten sie beschlossen, gegen die Bedrohung des Kartells zu kämpfen, und in diesem Moment spürten sie die Kraft ihrer Gemeinschaft wie nie zuvor.

Die Stimmen der Nachbarn vermischten sich mit dem leisen Bellen von Ranger, der an Coles Seite stand. Emma Harlow trat vor und sprach mit fester Stimme: "Wir sind nicht allein. Jeder von uns hat etwas zu verlieren, und zusammen sind wir stark." Ihre Worte hallten durch die Menge und schufen eine Atmosphäre des Zusammenhalts. Die Dorfbewohner nickten zustimmend, und ein Gefühl der Hoffnung breitete sich aus, als sie erkannten, dass sie nicht nur für sich selbst, sondern auch füreinander kämpften.

In den Tagen nach dem ersten Angriff hatten sie ihre Differenzen beiseitegelegt. Die alten Rivalitäten zwischen den Farmern schienen bedeutungslos angesichts der gemeinsamen Bedrohung. Cole beobachtete, wie Nachbarn, die einst nur flüchtige Bekannte waren, nun Schulter an Schulter standen, bereit, ihre Heimat zu verteidigen. Es war eine Transformation, die er nie für möglich gehalten hätte. Die Stärke der Gemeinschaft war zu ihrer stärksten Waffe geworden.

Während sie Strategien entwickelten, um die nächste Welle des Kartells abzuwehren, fühlte Cole eine Welle der Dankbarkeit. Er hatte sein Team von Veteranen mobilisiert, aber es waren die Dorfbewohner, die ihm das Gefühl gaben, dass sie gemeinsam etwas erreichen konnten. Jeder brachte seine Fähigkeiten ein, und es war diese Zusammenarbeit, die die Hoffnung nährte, dass sie den nächsten Sturm überstehen könnten.

"Wir müssen die Farmen rund um das Tal sichern", schlug Logan "Hawk" Monroe vor, während er seine Waffe prüfte. "Wenn wir sie daran hindern können, sich zu nähern, haben wir eine Chance." Cole nickte zustimmend. Es war nicht nur eine militärische Strategie; es war ein Akt der Solidarität. Jeder wusste, dass ihr Überleben von ihrem Zusammenhalt abhing.

Die Gespräche wurden lebhafter, als sie Pläne schmiedeten. Owen "Blast" Carter erklärte, wie sie Sprengfallen strategisch platzieren könnten, während Ethan "Whisper" Reed Kommunikationskanäle einrichtete, um alle auf dem Laufenden zu halten. Die Dorfbewohner hörten aufmerksam zu, und die Nervosität, die zuvor in der Luft gehangen hatte, wurde durch ein Gefühl der Entschlossenheit ersetzt.

Als die Dunkelheit hereinbrach, sammelten sich die Dorfbewohner in einem Kreis, ihre Hände ineinander verschlungen. Cole spürte, wie die Emotionen in ihm hochkamen. "Wir kämpfen nicht nur für unsere Farmen, sondern für unsere Familien, für unsere Zukunft", sagte er mit fester Stimme. "Wir sind eine Gemeinschaft, und gemeinsam werden wir nicht fallen."

Die Worte hallten in der Stille der Nacht wider, und ein Gefühl der Verbundenheit erfüllte die Gruppe. Sie wussten, dass sie in den kommenden Stunden alles riskieren würden, aber sie waren bereit. Es war mehr als nur ein Kampf gegen das Kartell; es war ein Kampf um ihre Identität, um das, was sie zusammen aufgebaut hatten.

Als die ersten Sterne am Himmel funkelten, blickte Cole in die Gesichter seiner Nachbarn und sah nicht nur Angst, sondern auch Mut. Diese Menschen waren bereit, alles zu geben, um ihre Heimat zu schützen. In diesem Moment erkannte er, dass die wahre Stärke nicht nur in den Waffen lag, die sie trugen, sondern in der Loyalität und dem Vertrauen, das sie füreinander hatten.

Die Nacht war still, aber die Spannung in der Luft war greifbar. Sie waren bereit, sich dem Sturm zu stellen, der bevorstand. Und während sie sich gegenseitig ermutigten, spürte Cole, dass die Gemeinschaft, die sie gebildet hatten, ihre größte Waffe war. In ihren Herzen brannte ein Feuer der Hoffnung, das sie durch die Dunkelheit führen würde. Gemeinsam würden sie kämpfen, und gemeinsam würden sie siegen.

# 11
## Der letzte Aufmarsch

### 11.1 Die Kartellkräfte sammeln sich erneut

Die Nacht lag in einer trügerischen Stille, während sich in der Ferne, hinter den sanften Hügeln des Ash Valley, eine dunkle Bedrohung zusammenbraute. Cole Barrett stand auf seiner Veranda und starrte in die Dunkelheit, sein treuer Hund Ranger an seiner Seite. Der kühle Abendwind brachte den Duft von frischem Heu mit sich, vermischt mit dem fernen Klang der Natur, doch etwas Unheilvolles schwebte in der Luft. Es war nicht nur die Dunkelheit, die ihm Sorgen bereitete; es waren die frischen Spuren schwerer Fahrzeuge, die er kürzlich auf seinem Land entdeckt hatte.

"Sie kommen wieder", murmelte Cole leise, während er die Schatten am Horizont beobachtete. Er wusste, dass die Kartellkräfte sich erneut sammeln würden, um einen Angriff zu starten. Der Gedanke daran ließ sein Herz schneller schlagen. Seine Vergangenheit als Elite-Soldat war zwar weit entfernt, doch die Erinnerungen an den Krieg und die Brutalität, die er erlebt hatte, kehrten zurück. Mit jedem Tag, der verging, wuchs die Verantwortung, die er für seine Gemeinschaft fühlte.

In der Dunkelheit formierten sich die Angreifer, und Cole konnte die Silhouetten der Fahrzeuge erkennen, die sich näher schoben. Ein Schauer lief ihm über den Rücken. "Es ist nicht nur meine Farm, die sie wollen", dachte er. "Es ist alles, was wir hier aufgebaut haben." Die Angst in seinem Magen war spürbar, doch gleichzeitig flammte der Mut in ihm auf. Er wusste, dass er nicht allein war. Die Dorfbewohner würden sich ihm anschließen, und gemeinsam würden sie kämpfen.

Die Atmosphäre war angespannt, als Cole die ersten Geräusche der herannahenden Angreifer hörte. Das Brummen der Motoren und das Klirren von Waffen erfüllten die Luft. Er wandte sich an Ranger, der ihn mit seinen treuen Augen ansah. "Wir müssen bereit sein, mein Freund", sagte Cole und strich dem Hund über das Fell. Ranger bellte leise, als ob er verstand, was bevorstand. Die Bindung zwischen ihnen war stark, und in diesem Moment fühlte Cole sich nicht allein.

Die Dorfbewohner hatten sich bereits versammelt, als Cole sich auf den Weg zu ihnen machte. Emma Harlow, seine Nachbarin, stand an der Spitze der Gruppe. Ihr Gesicht war entschlossen, aber auch von Sorge gezeichnet. "Cole, wir müssen schnell handeln. Sie sind zahlreich und gut bewaffnet", sagte sie, während sie ihre Hände zu einer Faust ballte. "Wir können nicht zulassen, dass sie uns unsere Heimat nehmen."

"Ich weiß, Emma. Aber wir müssen strategisch vorgehen. Jeder muss wissen, was zu tun ist", antwortete Cole und spürte, wie sich die Entschlossenheit in ihm festigte. "Wir haben die Vorteile der Verteidigung. Wir kennen das Terrain besser als sie." Die Dorfbewohner nickten zustimmend, und ein Gefühl der Einheit begann, sich unter ihnen auszubreiten. Sie waren bereit, alles zu riskieren, um ihre Gemeinschaft zu verteidigen.

Als die ersten Lichter der Angreifer näher kamen, konnte Cole die Anspannung in der Luft spüren. Die Dorfbewohner scharten sich um ihn, jeder bereit, seinen Platz im Kampf einzunehmen. "Denkt daran, was auf dem Spiel steht", rief Cole. "Wir kämpfen nicht nur für uns selbst, sondern für unsere Familien, unsere Nachbarn und unser Zuhause." Die Worte hallten in der Stille wider und gaben den Menschen um ihn herum Kraft.

Die ersten Schüsse fielen, und die Nacht wurde von einem Chaos aus Licht und Geräuschen durchzogen. Cole hatte sich strategisch positioniert, seine Veteranen waren an den entscheidenden Punkten verteilt. Jeder wusste, was zu tun war. Die Kartellkräfte waren unberechenbar, aber Cole war vorbereitet. "Wir müssen sie überraschen", dachte er, während er den ersten Schuss abfeuerte. Die Dunkelheit um ihn herum wurde zum Schauplatz eines erbitterten Kampfes.

Die Dorfbewohner kämpften tapfer, und die Intensität des Konflikts ließ die Zeit stillstehen. Cole spürte, wie die Angst in ihm aufstieg, aber der Mut der Menschen um ihn herum gab ihm die Kraft, weiterzukämpfen. Jeder Schuss, jeder Schrei, jede Bewegung war ein Schritt in Richtung Freiheit. "Wir werden nicht aufgeben", flüsterte er zu sich selbst, während er sich dem Feind stellte. Diese Auseinandersetzung würde zu einem entscheidenden Moment in der Geschichte werden, der nicht nur ihre Gemeinschaft, sondern auch ihre Seelen auf die Probe stellte.

## 11.2 Ein entscheidender Moment der Wahrheit

Die Nacht war ruhig, doch diese Ruhe trügte. Cole Barrett spürte das Kribbeln in seinen Nerven, als die Silhouetten der Fahrzeuge am Horizont auftauchten. Die Scheinwerfer durchbrachen die Dunkelheit wie scharfe Klingen, und sein Herz schlug schneller. "Es ist jetzt oder nie", murmelte er, während er sich hinter dem alten Traktor versteckte. Ranger, sein treuer deutscher Schäferhund, lag an seiner Seite, bereit, auf ein Signal zu reagieren. Die Bedrohung war real, und sie war näher als je zuvor.

Die Dorfbewohner hatten sich versammelt, jeder von ihnen mit einem Ausdruck der Entschlossenheit im Gesicht. Emma Harlow stand neben Cole, ihre Augen fest auf die heranrückenden Lichter gerichtet. "Wir müssen zusammenhalten", sagte sie, ihre Stimme fest, aber leise genug, um nicht die Aufmerksamkeit der Angreifer zu erregen. "Wenn wir jetzt nicht handeln, verlieren wir alles." Cole nickte, seine Gedanken rasten. Er erinnerte sich an die Worte seiner ehemaligen Kameraden: "Gemeinschaft ist unsere stärkste Waffe."

In den letzten Tagen hatte Cole unermüdlich an den Verteidigungsstrategien gearbeitet. Fallen waren aufgestellt, strategische Positionen ausgewählt und jeder Dorfbewohner in den Plan eingeweiht worden. "Wir sind nicht nur Bauern", hatte er gesagt. "Wir sind Verteidiger unseres Landes." Doch jetzt, da die Realität des bevorstehenden Kampfes vor ihm stand, überkam ihn ein Gefühl der Unsicherheit. Was, wenn all seine Vorbereitungen nicht ausreichten? Was, wenn sie scheiterten?

Die ersten Schüsse fielen, und das Geräusch hallte durch die Nacht. Cole zuckte zusammen, als das Echo der Schüsse in der Stille widerhallte. "Los, bewegt euch!", rief er, während er sich an die anderen wandte. "Haltet die Position! Wir müssen sie aufhalten!" Seine Stimme war laut und klar, aber in seinem Inneren tobte ein Sturm aus Angst und Zweifel. Die Dorfbewohner schienen jedoch motiviert, ihre Entschlossenheit war greifbar. Sie waren bereit, für ihre Heimat zu kämpfen.

Die Angreifer, eine überwältigende Zahl von über vierzig Männern, drangen vor. Ihre Gesichter waren von Masken verborgen, ihre Absichten waren klar. Cole beobachtete, wie sie sich bewegten, ihre Waffen im Anschlag. Er wusste, dass sie brutal und unerbittlich waren. Diese Erkenntnis ließ seinen Magen zusammenziehen. "Wir dürfen nicht nachgeben", dachte er, während er die Situation analysierte. "Wir müssen stark bleiben."

Die Dorfbewohner hatten sich in Gruppen aufgeteilt, jeder mit einer klaren Aufgabe. Einige waren mit Schusswaffen ausgestattet, andere hatten improvisierte Waffen. Cole wusste, dass sie aufeinander angewiesen waren. "Denkt daran, was auf dem Spiel steht", rief er, während er sich auf seine Position begab. "Wir kämpfen nicht nur für uns selbst, sondern für unsere Familien, unsere Nachbarn, unser Zuhause."

Ein lauter Knall ertönte, als eine Explosion die Scheune in die Luft jagte. Cole hatte die Sprengfallen strategisch platziert, um die Angreifer zu überraschen. Der Rauch stieg in die Luft, und für einen kurzen Moment schien die Zeit stillzustehen. Die Angreifer waren verwirrt, und Cole nutzte den Moment. "Jetzt!", schrie er und gab das Zeichen zum Angriff. Die Dorfbewohner stürmten vor, entschlossen, ihre Heimat zu verteidigen.

Der Kampf entbrannte in voller Wucht. Schreie, Schüsse und das Geräusch von Metall auf Metall erfüllten die Luft. Cole kämpfte mit einer Intensität, die er lange nicht mehr gefühlt hatte. Jeder Schlag, jede Entscheidung war entscheidend. "Ich kann nicht versagen", dachte er, während er sich gegen einen Angreifer wehrte. "Nicht jetzt."

Die Dorfbewohner kämpften tapfer, doch die Übermacht des Kartells war erdrückend. Cole sah, wie einige seiner Nachbarn fielen, und das Herz zog sich ihm zusammen. "Wir müssen durchhalten", flüsterte er zu Ranger, der an seiner Seite blieb, als wäre er ein Teil von ihm. "Wir dürfen nicht aufgeben."

Die Verzweiflung wuchs, als die Angreifer näher kamen. Cole spürte den Druck, die Verantwortung lastete schwer auf seinen Schultern. "Wenn ich falle, fallen wir alle", dachte er. Doch inmitten des Chaos spürte er auch den Mut, der in der Gemeinschaft lebte. Es war ein entscheidender Moment, der die Charaktere auf die Probe stellte. "Wir sind mehr als nur Einzelne", erkannte er. "Wir sind eine Familie."

Mit neuer Entschlossenheit stürmte Cole voran, bereit, alles zu riskieren. "Für Ash Valley", rief er, und die Dorfbewohner folgten ihm, vereint in ihrem Kampf um Freiheit und Sicherheit. Die Nacht war dunkel, aber in ihren Herzen brannte ein Licht der Hoffnung, das sie nicht auslöschen konnten.

## 11.3 Coles Entschlossenheit wird auf die Probe gestellt

Die Anspannung war greifbar, als Cole Barrett dem Kartellboss Victor Mendéz gegenüberstand. Der Abendhimmel über Ash Valley brannte in einem tiefen Rot, als ob die Sonne selbst Zeugin dieses entscheidenden Moments sein wollte. Cole spürte, wie sein Herz schneller schlug, während er die bedrohliche Präsenz des Mannes vor sich wahrnahm. Mendéz, ein Mann von imposanter Statur, strahlte eine kalte, berechnende Macht aus, die selbst die mutigsten Männer in die Knie zwingen konnte.

"Drei Millionen Dollar, Cole. Nur für deine Zustimmung", begann Mendéz mit einer Stimme, die wie Honig klang, aber die Schärfe eines Messers verbarg. "Du könntest alles haben, was du willst. Sicherheit, Wohlstand. Du musst nur deinen Stolz ablegen." Cole sah ihn an, und in diesem Moment wusste er, dass es nicht nur um Geld ging. Es war ein Test seiner Loyalität, seiner Prinzipien und seiner Bereitschaft, für das zu kämpfen, was ihm wichtig war.

"Ich werde nicht für dein Blutgeld verkaufen, Mendéz", antwortete Cole, seine Stimme fest und unerschütterlich. "Meine Farm ist nicht zum Verkauf, und ich werde nicht zulassen, dass du hier Fuß fasst." Die Worte kamen aus tiefstem Herzen, und während er sprach, dachte er an Ben, an Laura und Sam. Sie waren nicht nur Nachbarn; sie waren Familie. Und diese Familie würde er bis zum letzten Atemzug verteidigen.

Ein gefährliches Funkeln trat in Mendéz' Augen. "Du bist ein starker Mann, Cole. Aber Stärke allein reicht nicht aus, um die Welle zu stoppen, die auf dich zukommt. Du hast keine Ahnung, mit wem du es zu tun hast." Er machte einen Schritt näher, und Cole spürte die Kälte der Bedrohung, die von ihm ausging. "Wenn du nicht mit mir kooperierst, wird es Konsequenzen geben. Für dich und deine Lieben."

Die Worte hingen in der Luft wie ein drohendes Gewitter. Cole fühlte, wie die Erinnerungen an seine Zeit im Militär zurückkamen – die Einsätze, die Entscheidungen, die er treffen musste, um seine Männer zu schützen. Er hatte gelernt, dass Angst ein mächtiger Gegner war, aber auch, dass Mut nicht die Abwesenheit von Angst war, sondern die Entscheidung, trotz dieser Angst zu handeln.

"Ich habe nichts zu verlieren, Mendéz", sagte Cole schließlich, seine Stimme leise, aber voller Entschlossenheit. "Du magst denken, dass du die Kontrolle hast, aber du unterschätzt die Menschen hier. Wir sind bereit zu kämpfen. Wir werden nicht weichen." Mendéz' Gesicht verhärtete sich, und Cole wusste, dass er eine Grenze überschritten hatte. Die Spannung zwischen ihnen war greifbar, ein unsichtbares Band, das sich immer weiter zuspitzte.

"Dann lass uns sehen, wie weit dein Mut reicht", murmelte Mendéz, bevor er sich umdrehte und mit seinen Männern verschwand. Cole blieb allein zurück, das Echo der Drohung hallte in seinem Kopf wider. Er wusste, dass dies erst der Anfang war. Der bevorstehende Konflikt würde nicht nur seine Farm, sondern auch das Leben der Menschen, die er liebte, auf die Probe stellen.

Als die Dunkelheit über das Tal hereinbrach, spürte Cole eine Welle der Dringlichkeit. Er musste seine Männer zusammenrufen, sie vorbereiten auf das, was kommen würde. Es war nicht mehr nur ein Kampf um Land; es war ein Kampf um das Überleben, um die Seele seiner Gemeinschaft. Er dachte an Emma, die ihm von den Gerüchten über das Kartell erzählt hatte, und an Ben, dessen Zustand ihn immer noch quälte. Diese Gedanken trieben ihn an, und er wusste, dass er jetzt handeln musste.

"Wir müssen uns vorbereiten", murmelte er zu Ranger, der treu an seiner Seite saß. Der Hund blickte ihn mit seinen intelligenten Augen an, als ob er verstand, was auf dem Spiel stand. Cole fühlte sich entschlossen, die Verantwortung für seine Familie und seine Nachbarn zu übernehmen. Er würde nicht zulassen, dass die Dunkelheit über Ash Valley siegte.

Mit einem letzten Blick auf die untergehende Sonne machte sich Cole auf den Weg zurück zur Farm. Die Vorbereitungen mussten beginnen, und er würde alles tun, um seine Heimat zu verteidigen. Der bevorstehende Konflikt war unvermeidlich, und er war bereit, sich ihm zu stellen. In diesem Moment wusste Cole, dass seine Entschlossenheit auf die ultimative Probe gestellt wurde, und er würde nicht versagen.

# 12
## Der Überlebenskampf

### 12.1 Ein verzweifelter Überlebenskampf

Die Dunkelheit hatte sich über das Ash Valley gelegt, und mit ihr schlich sich die Angst in die Herzen der Menschen. Der Himmel war ein tiefes Schwarz, durchzogen von den schwachen Lichtern der Farmen, die wie kleine Sterne in der Nacht verloren gingen. Cole Barrett stand an der Fensterbank seiner alten Farm, das Herz schlug ihm bis zum Hals. Draußen, im Schatten der Bäume, drangen die Geräusche der Angreifer zu ihm – das Knirschen von Reifen auf Kies, das Murmeln von Stimmen, die in einer fremden Sprache flüsterten. Es war der Klang des bevorstehenden Unheils.

Die Dorfbewohner hatten sich versammelt, ihre Gesichter angespannt, die Augen weit aufgerissen vor Furcht. Sie wussten, dass die Zeit knapp war. Cole hatte sie gewarnt, dass das mexikanische Kartell nicht nur mit Geld, sondern auch mit Gewalt agierte. Jetzt standen sie zusammen, eine Gruppe von Menschen, die einst friedlich in ihren Höfen lebten, nun vereint durch die drohende Gefahr. Ihre Hände zitterten, während sie improvisierte Waffen hielten – alles, was sie finden konnten, um ihre Heimat zu verteidigen.

"Wir müssen uns bereit machen!", rief Cole, seine Stimme fest und entschlossen. "Wenn sie kommen, dürfen wir nicht weichen. Kämpfen wir für unsere Familien, für unser Land!" Er sah in die Gesichter seiner Nachbarn, erkannte den Mut, aber auch die Unsicherheit, die in ihren Augen lag. Jeder wusste, dass dies kein gewöhnlicher Kampf war. Es ging um mehr als nur um die Farm; es ging um ihre Existenz.

Plötzlich durchbrach ein lautes Geräusch die Stille der Nacht. Die ersten Scheinwerfer tauchten die Umgebung in grelles Licht, und die Dorfbewohner erstarrten. "Sie sind hier!", flüsterte Emma Harlow, ihre Stimme zitterte. Cole spürte, wie sich sein Magen zusammenzog. Die Erinnerungen an seine Zeit als Soldat kamen zurück – die Schrecken des Krieges, die er versucht hatte zu vergessen. Doch jetzt war er hier, bereit zu kämpfen, nicht nur für sich selbst, sondern für alle, die ihm am Herzen lagen.

Die ersten Angreifer sprangen aus ihren Fahrzeugen, bewaffnet mit Gewehren und einer Entschlossenheit, die Cole den Atem raubte. Die Dorfbewohner scharten sich um Cole, ihre Augen voller Angst, aber auch voller Entschlossenheit. "Wir müssen zusammenhalten!", rief er und stellte sich an die Front. "Lasst uns zeigen, dass wir nicht kampflos aufgeben werden!"

Ein Schuss fiel, gefolgt von einem Aufschrei. Cole zuckte zusammen, als er den ersten Verletzten sah. Ein Nachbar, der gerade noch neben ihm gestanden hatte, fiel zu Boden. Die Panik brach aus, als die Dorfbewohner in Deckung gingen. Cole spürte den Adrenalinschub, der durch seinen Körper raste. "Bleibt ruhig!", schrie er. "Holt euch eure Waffen! Wir müssen uns verteidigen!"

In diesem Moment wurde die Brutalität des Konflikts greifbar. Die Angreifer stürmten voran, und die Dorfbewohner waren gezwungen, sich zu wehren. Cole hatte Fallen vorbereitet, strategisch platziert, um den Angreifern einen Vorteil abzuringen. Er wusste, dass jeder Moment zählte. "Jetzt!", rief er und gab das Signal, die Fallen zu aktivieren. Ein lautes Krachen ertönte, als die erste Explosion die Nacht durchbrach und die Angreifer überraschte.

Die Dorfbewohner kämpften verzweifelt, während die Angreifer zurückwichen. Cole spürte den Mut seiner Nachbarn, die trotz ihrer Angst alles riskierten, um ihre Gemeinschaft zu verteidigen. Die Schreie und das Echo der Schüsse hallten durch das Tal, während die Dunkelheit um sie herum dichter wurde. Es war ein Kampf ums Überleben, und jeder wusste, dass sie alles geben mussten, um zu gewinnen.

Doch die Angreifer waren zahlreich, und die Dorfbewohner waren nicht gut ausgerüstet. Verletzungen und Verluste wurden schmerzhaft spürbar, als die ersten Lichtstrahlen der Morgendämmerung den Himmel erhellten. Cole fühlte sich von der Welle der Verzweiflung überwältigt, die über ihn hinwegrollte. "Wir können das schaffen!", rief er, während er sich umdrehte, um seine Nachbarn zu ermutigen. "Wir sind stark, wenn wir zusammenhalten!"

Ein neuer Plan musste geschmiedet werden, um die Angreifer endgültig zu besiegen. Cole wusste, dass sie nicht aufgeben durften. Der Überlebenskampf hatte gerade erst begonnen, und die Dorfbewohner waren bereit, alles zu riskieren, um ihre Heimat zu verteidigen. Inmitten des Chaos und der Brutalität formte sich ein Gefühl der Hoffnung. Sie würden nicht allein kämpfen. Sie würden als Gemeinschaft stehen und für ihre Zukunft kämpfen.

## 12.2 Verletzungen und Verluste im Team

Die Dunkelheit der Nacht war durchdrungen von unheimlichen Geräuschen, als die ersten Schüsse ertönten. Adrenalin durchflutete Cole Barretts Adern, während er hinter einer alten Scheune Schutz suchte. Der Geruch von verbranntem Holz und Schießpulver hing schwer in der Luft, und jeder Schuss, der fiel, weckte die Schrecken seiner Vergangenheit als Soldat. Doch diesmal stand nicht nur sein eigenes Leben auf dem Spiel. Es ging um das Leben seiner Nachbarn, seiner Freunde, seiner Gemeinschaft.

Die Dorfbewohner waren fest entschlossen, sich zu verteidigen, doch die Realität der Verletzungen und Verluste war schmerzhaft spürbar. Cole beobachtete, wie sein Nachbar Jim, ein kräftiger Mann in den Fünfzigern, von einem Projektil getroffen wurde. Der Ausdruck des Schocks in Jims Augen war für Cole wie ein Stich ins Herz. Er hatte gehofft, dass sie alle zusammenstehen könnten, doch nun wurde die Stärke ihrer Gemeinschaft auf die härteste Probe gestellt.

"Wir müssen uns zurückziehen!", rief Emma Harlow, ihre Stimme angespannt, als sie Cole ansah. "Wir können das nicht gewinnen!" Ihre Augen waren weit aufgerissen vor Angst, und Cole konnte die Verzweiflung in ihrem Blick erkennen. Sie war nicht nur eine Nachbarin; sie war eine Freundin, die ihm oft bei der Arbeit auf der Farm geholfen hatte. Ihre Worte schnitten durch die Luft wie ein scharfer Windstoß, und Cole wusste, dass sie recht hatte. Aber aufgeben war keine Option.

"Wenn wir jetzt fliehen, verlieren wir alles!", antwortete Cole mit fester Stimme. "Wir müssen kämpfen, für uns und für die, die wir lieben." Er war sich bewusst, dass seine Worte nicht nur ihn selbst motivierten, sondern auch die anderen Dorfbewohner, die sich um ihn versammelt hatten. Sie waren alle verletzt, sowohl körperlich als auch emotional, aber in diesem Moment war es wichtig, den Mut aufrechtzuerhalten.

Die Erinnerungen an die brutalen Kämpfe, die er in der Vergangenheit erlebt hatte, kamen in Wellen zurück. Die Schreie der Verwundeten, die Stille nach dem Sturm, die Gesichter der Gefallenen. Cole fühlte sich, als wäre er in einem Albtraum gefangen, aus dem es kein Entkommen gab. Doch er wusste, dass er nicht allein war. Die Dorfbewohner standen Schulter an Schulter, bereit, alles zu riskieren, um ihre Heimat zu verteidigen.

Die Angreifer kamen in Wellen, und jeder Schuss, der fiel, verstärkte die Dringlichkeit, schnell zu handeln. Cole beobachtete, wie die Dorfbewohner ihre Positionen einnahmen, einige mit improvisierten Waffen, andere mit dem, was sie finden konnten. Der Mut, den sie zeigten, war bewundernswert, aber die Realität war gnadenlos. Verletzungen häuften sich, und jeder Verlust fühlte sich an wie ein weiterer Schlag ins Gesicht. Es war eine brutale Erinnerung daran, dass der Preis für Freiheit oft hoch war.

"Haltet durch!", rief Cole, während er versuchte, die Moral hochzuhalten. "Wir sind stark, und wir kämpfen zusammen!" Seine Stimme hallte über das Schlachtfeld, und er sah, wie einige der Dorfbewohner sich aufrichteten, ihre Entschlossenheit neu entflammt. Doch in seinem Inneren kämpfte er mit der Angst, dass es nicht genug sein könnte. Die Realität des Krieges hatte ihn gelehrt, dass Hoffnung oft ein zerbrechliches Gut war.

Inmitten des Chaos fand Cole einen Moment der Stille, als er Sam, den Sohn von Ben, sah. Der Junge hatte sich in eine Ecke gedrängt, seine Augen weit aufgerissen vor Angst. Cole kniete sich vor ihn und legte eine Hand auf seine Schulter. "Du bist stark, Sam. Du musst mir helfen, okay?", sagte er und versuchte, dem Jungen ein Gefühl von Sicherheit zu geben. Sam nickte, aber Cole konnte die Unsicherheit in seinen Augen sehen. Er wollte nicht, dass der Junge die Schrecken des Krieges erlebte, die er selbst durchgemacht hatte.

Die Verletzungen und Verluste im Team wurden schmerzhaft spürbar, und Cole wusste, dass sie alles riskieren mussten, um ihre Gemeinschaft zu verteidigen. Diese emotionale Tiefe verstärkte die Dringlichkeit und die Notwendigkeit, schnell zu handeln. Die Dorfbewohner erlebten Verzweiflung, aber auch Mut, während sie sich dem Feind stellten. Diese Auseinandersetzung wurde zu einem entscheidenden Moment in der Geschichte, der die Charaktere auf die Probe stellte und sie dazu zwang, über sich hinauszuwachsen.

Als die Angreifer näher kamen, formierte sich Cole mit seinen Nachbarn. Sie waren nicht mehr nur Einzelpersonen; sie waren eine Einheit, gebunden durch den gemeinsamen Willen, ihre Heimat zu schützen. In diesem Moment, zwischen Angst und Entschlossenheit, erkannte Cole, dass sie nicht nur für ihr Land kämpften, sondern auch für die Menschen, die sie liebten. Und das war es, was sie stark machte.

## 12.3 Ein unerwarteter Wendepunkt

Die Dunkelheit hatte sich über die Landschaft gelegt, während der beißende Geruch von verbranntem Holz und Schießpulver in der Luft hing. Cole Barrett stand an der Spitze seiner Farm, einem einst friedlichen Ort, der nun zum Schauplatz eines erbitterten Kampfes geworden war. Die Dorfbewohner hatten sich versammelt, jeder von Entschlossenheit geprägt, während sie auf das warteten, was kommen würde. In dieser Finsternis schien ein neuer Plan Gestalt anzunehmen, einer, der alles verändern könnte.

"Wir müssen zusammenarbeiten", rief Cole, seine Stimme fest und klar. "Das Kartell hat uns unterschätzt. Sie denken, sie können uns mit Gewalt einschüchtern, aber wir sind mehr als nur Einzelkämpfer. Wir sind eine Gemeinschaft." Die Worte hallten durch die Reihen der Versammelten, und ein Gefühl der Hoffnung begann, sich auszubreiten. Es war nicht nur Coles Entschlossenheit, die sie ansteckte, sondern auch die gemeinsame Erfahrung des Verlustes und der Trauer, die sie alle miteinander verband.

Emma Harlow trat vor, ihre Augen leuchteten im schwachen Licht der Fackeln. "Wir haben alles verloren, was uns lieb ist. Aber wir haben auch die Möglichkeit, für das zu kämpfen, was wir noch haben. Lasst uns unsere Stärken bündeln und diesen Kampf gemeinsam führen." Ihre Worte fanden Gehör, und ein murmelndes Einverständnis ging durch die Menge. Es war der Moment, in dem die Dorfbewohner erkannten, dass sie nicht allein waren. Jeder hatte seine eigenen Fähigkeiten, und zusammen konnten sie eine unüberwindbare Front bilden.

In den folgenden Stunden schmiedeten sie einen Plan. Cole und seine Veteranen arbeiteten Hand in Hand mit den lokalen Farmern, um Verteidigungsstrategien zu entwickeln. Logan "Hawk" Monroe, der Scharfschütze, zeigte ihnen, wie sie sich am besten positionieren konnten, während Owen "Blast" Carter Sprengfallen plante, die die Angreifer überraschen würden. Ethan "Whisper" Reed kümmerte sich um die Kommunikation, damit alle immer auf dem neuesten Stand waren. Es war eine bemerkenswerte Zusammenarbeit, die die Stärke der Gemeinschaft verdeutlichte.

"Wir müssen auch die Frauen und Kinder schützen", sagte Cole, als sie die Pläne durchgingen. "Wir können nicht zulassen, dass sie in Gefahr geraten. Emma, du und die anderen Frauen solltet einen sicheren Ort finden, wo ihr euch verstecken könnt." Emma nickte, ihre Entschlossenheit ungebrochen. "Wir werden nicht weglaufen. Wir werden hier bleiben und kämpfen." Ihre Worte waren ein Schwur, der die anderen anfeuerte.

Als die ersten Lichtstrahlen des Morgens über die Berge schimmerten, war die Atmosphäre elektrisch geladen. Die Dorfbewohner hatten sich vorbereitet, und der neue Plan war in vollem Gange. Sie hatten Fallen aufgestellt, strategische Positionen eingenommen und waren bereit, sich dem Kartell entgegenzustellen. Cole fühlte, wie das Adrenalin durch seine Adern pumpte. Dies war der Moment, auf den sie gewartet hatten – der Moment, in dem sie ihre Heimat verteidigen konnten.

Die erste Welle des Kartells traf mit voller Wucht ein. Über vierzig bewaffnete Männer stürmten auf die Farm zu, doch sie waren nicht auf die Gegenwehr vorbereitet, die sie erwartete. Coles Team setzte die Fallen ein, und das Chaos brach aus. Schreie und Schüsse erfüllten die Luft, während die Dorfbewohner zusammenarbeiteten, um ihre Heimat zu verteidigen. Es war ein Kampf um das Überleben, und jeder wusste, dass sie alles riskieren mussten.

Doch inmitten des Chaos spürte Cole eine Welle der Hoffnung. Sie kämpften nicht nur für sich selbst, sondern für die Gemeinschaft, die sie aufgebaut hatten. Der Triumph über die erste Angriffswelle war nicht nur ein Sieg im Kampf, sondern auch ein Zeichen der Stärke, das die Dorfbewohner zusammenschweißte. Es war der unerwartete Wendepunkt, den sie gebraucht hatten, um zu erkennen, dass sie gemeinsam unbesiegbar waren.

Als die Sonne höher stieg und die ersten Strahlen das Schlachtfeld erhellten, spürte Cole, dass dies erst der Anfang war. Die Herausforderungen, die vor ihnen lagen, waren gewaltig, aber die Entschlossenheit in den Herzen der Dorfbewohner war stärker als je zuvor. Sie hatten sich als Gemeinschaft bewiesen, und jetzt waren sie bereit, weiterzukämpfen. Mit einem Blick auf seine Nachbarn, die Schulter an Schulter standen, wusste Cole, dass sie zusammen alles erreichen konnten.

# 13
## Die Wende im Konflikt

### 13.1 Ein strategischer Rückzug des Kartells

Die Stille der Nacht umhüllte Cole Barrett und sein Team, als sie sich um den massiven, rustikalen Holztisch auf der Veranda seiner Farm versammelten. Silberne Strahlen des Mondlichts glitzerten über die weiten Felder des Ash Valley, während die Schatten der Bäume sich lang und bedrohlich ausbreiteten. Ein unbestimmtes Gefühl lag in der Luft – eine Vorahnung, die Cole seit Tagen nicht losließ. Die Berichte über das mexikanische Kartell hatten sich wie ein Lauffeuer verbreitet, und die Dorfbewohner waren in Alarmbereitschaft. Doch heute Abend war alles anders. Das Kartell hatte sich zurückgezogen.

"Sie haben Angst", murmelte Logan "Hawk" Monroe, der Scharfschütze des Teams, während er seine Waffe überprüfte. "Das ist unsere Chance." Coles Blick wanderte über die Gesichter seiner Kameraden. Jeder von ihnen war ein Veteran, jeder hatte seine eigenen Kämpfe gekämpft, aber jetzt standen sie hier, vereint durch ein gemeinsames Ziel: ihre Heimat zu verteidigen.

"Wir müssen das nutzen", sagte Cole entschlossen. "Wenn sie sich zurückziehen, können wir uns neu formieren und einen Gegenangriff planen. Wir wissen, dass sie wiederkommen werden, und wir müssen bereit sein." Seine Stimme war fest, doch in seinem Inneren brodelten Zweifel. Was, wenn der Rückzug nur eine List war? Was, wenn sie sich nur zurückzogen, um ihre Kräfte zu sammeln?

"Wir sollten uns umsehen", schlug Owen "Blast" Carter vor, der Sprengstoffexperte. "Vielleicht gibt es Hinweise darauf, was sie vorhaben." Cole nickte zustimmend. "Lasst uns die Umgebung sichern. Wir brauchen Informationen, um die nächsten Schritte zu planen."

Die Gruppe machte sich auf den Weg, während der kühle Wind durch die Felder strich. Cole fühlte die Verbundenheit mit seinen Kameraden, die ihm in diesen schweren Zeiten Halt gaben. Es war nicht nur ein Kampf um Land; es war ein Kampf um die Gemeinschaft, um die Menschen, die er liebte. Emma Harlow, seine Nachbarin, hatte ihn vor den Gefahren gewarnt, und nun war es an der Zeit, diese Warnungen ernst zu nehmen.

"Seht euch die Spuren an", rief Ethan "Whisper" Reed, der Kommunikationsexperte, während er auf den Boden deutete. "Hier sind frische Reifenabdrücke. Sie sind definitiv nicht weit weg." Cole kniete sich nieder und betrachtete die Abdrücke. "Das sind schwere Fahrzeuge. Sie haben die Gegend durchkämmt, um Informationen zu sammeln."

Ein Gefühl der Entschlossenheit durchströmte ihn. "Wir müssen alles vorbereiten. Wenn sie zurückkommen, müssen wir bereit sein, sie zu empfangen. Wir müssen unsere Verteidigungsstrategien anpassen und alle Dorfbewohner mobilisieren."

Die Gruppe kehrte zur Farm zurück, wo sie sofort mit den Vorbereitungen begannen. Cole und seine Kameraden arbeiteten unermüdlich, um die Farm in eine Festung zu verwandeln. Sie errichteten Barrikaden, platzierten Fallen und schulten die Dorfbewohner im Umgang mit Waffen. Jeder wusste, dass dies kein gewöhnlicher Kampf war. Es ging um ihr Überleben, um ihre Familien und um die Zukunft des Ash Valley.

Die Atmosphäre war angespannt, aber auch voller Hoffnung. Cole spürte, wie die Gemeinschaft zusammenwuchs. Die Dorfbewohner, die zuvor skeptisch gewesen waren, kamen zusammen, um zu helfen. Sie brachten Werkzeuge, Lebensmittel und ihre Entschlossenheit mit. Jeder wusste, dass sie gemeinsam stärker waren.

"Wir müssen einen Plan ausarbeiten", sagte Cole, als sie sich um den Tisch versammelten. "Wir müssen die Schwächen des Kartells kennen und unsere Stärken nutzen. Jeder von euch hat Fähigkeiten, die wir einsetzen können."

Die Diskussionen wurden intensiver, als sie ihre Strategien entwickelten. Blast skizzierte Pläne für Sprengfallen, während Hawk seine Scharfschützenpositionen plante. Whisper kümmerte sich um die Kommunikation, um sicherzustellen, dass alle Dorfbewohner rechtzeitig informiert wurden. Cole fühlte sich lebendig, als er sah, wie die Gemeinschaft zusammenarbeitete, um sich gegen die Bedrohung zu wappnen.

Doch während sie arbeiteten, blieb die ständige Sorge um die bevorstehende Gefahr im Hinterkopf. Was, wenn das Kartell zurückkam? Was, wenn sie nicht bereit waren? Diese Fragen nagten an Cole, aber er wusste, dass er stark bleiben musste – für seine Freunde, für seine Nachbarn und für die Heimat, die sie alle liebten.

Als die Sonne hinter den Bergen verschwand und die Dunkelheit über das Tal hereinbrach, waren Cole und sein Team bereit. Sie hatten sich neu formiert, und die Stärke ihrer Gemeinschaft war spürbar. Jetzt lag es an ihnen, den Kampf aufzunehmen und ihre Heimat zu verteidigen. Die nächste Welle würde kommen, und sie würden bereit sein.

## 13.2 Coles Team nutzt die Gelegenheit

Über das Ash Valley hatte sich die Nacht gelegt, und mit ihr kam eine unheilvolle Stille. Cole Barrett saß an einem alten Holztisch in der Scheune, umgeben von seinen Veteranen-Kameraden. Die Atmosphäre war geladen, jeder spürte die bevorstehende Gefahr, die sich wie ein Schatten über ihre Farm legte. Es war der Moment, auf den sie gewartet hatten – die Gelegenheit, einen Gegenangriff zu planen und die Initiative zurückzugewinnen.

"Wir müssen sie überraschen", begann Cole, seine Stimme fest und entschlossen. "Wenn wir nicht jetzt handeln, werden wir alles verlieren, was uns lieb ist." Seine blauen Augen funkelten im schwachen Licht der Lampe, während er die Karte der Umgebung vor sich ausbreitete. Jeder Punkt auf der Karte war ein strategischer Vorteil, den sie nutzen konnten. "Hier, an der alten Brücke, können wir sie abfangen. Wenn wir sie dort erwischen, haben wir die Oberhand."

Logan "Hawk" Monroe, der Scharfschütze des Teams, nickte zustimmend. "Ich kann von hier oben zielen", sagte er und deutete auf einen Baum, der einen perfekten Überblick über die Brücke bot. "Ich werde sie ablenken, während ihr euch flankiert." Die anderen Veteranen hörten aufmerksam zu, während Cole die Pläne weiter ausarbeitete. Owen "Blast" Carter, der Sprengstoffexperte, mischte sich ein: "Wir sollten einige Fallen aufstellen. Wenn sie kommen, wird es wie ein Feuerwerk sein."

Die Ideen sprudelten nur so aus ihnen heraus, während sie ihre Strategien verfeinerten. Cole fühlte sich lebendig, als er die Dynamik der Gruppe spürte. Hier waren Männer, die er einst in den Krieg geführt hatte, und jetzt standen sie wieder zusammen, bereit, für ihre Heimat zu kämpfen. Doch inmitten dieser Entschlossenheit schwang auch eine tiefe Sorge mit. Was, wenn sie scheiterten? Was, wenn sie nicht alle zurückkamen?

"Wir müssen auch die Dorfbewohner mobilisieren", fügte Cole hinzu. "Sie müssen wissen, dass sie nicht allein sind. Wir kämpfen nicht nur für uns, sondern für jeden, der hier lebt." Ein zustimmendes Murmeln ging durch die Gruppe. Es war klar, dass sie alle das gleiche Ziel verfolgten: die Gemeinschaft zu schützen und die Bedrohung durch das Kartell abzuwenden.

Während sie ihre Pläne schmiedeten, schlich Ranger, Coles treuer deutscher Schäferhund, durch die Scheune und legte seinen Kopf auf Coles Knie. Cole streichelte ihn sanft und spürte, wie die Wärme des Hundes ihm Trost spendete. "Wir schaffen das, Ranger", murmelte er. "Wir werden unser Zuhause verteidigen."

Die Stunden vergingen, während sie sich intensiv auf den bevorstehenden Kampf vorbereiteten. Jeder Veteran hatte seine Aufgabe, und die Aufregung stieg mit jedem Moment. Sie packten Ausrüstung, überprüften ihre Waffen und teilten letzte Worte der Ermutigung aus. Coles Herz schlug schneller, als er an die bevorstehenden Herausforderungen dachte. Doch er wusste, dass sie gut vorbereitet waren.

Als die ersten Sonnenstrahlen den Horizont erhellten, waren Cole und sein Team bereit. Sie hatten sich in Position gebracht, und die Spannung war greifbar. Cole schaute auf die Brücke, die sie als ihren Hauptangriffspunkt gewählt hatten. "Erinnert euch an den Plan", flüsterte er. "Wir sind hier, um zu gewinnen. Für unsere Familien, für unsere Nachbarn."

Die Vorfreude auf den Kampf mischte sich mit der Angst vor dem Unbekannten. Cole spürte, wie sich die Erinnerungen an seine militärische Vergangenheit in ihm regten. Er hatte viele Schlachten geschlagen, aber diese war anders. Es war nicht nur sein Leben, das auf dem Spiel stand, sondern das Leben der Menschen, die ihm am Herzen lagen. Er musste stark sein, nicht nur für sich selbst, sondern auch für alle, die auf ihn zählten.

Plötzlich durchbrach das Geräusch von Motoren die Stille. Die ersten Fahrzeuge des Kartells näherten sich, und Cole wusste, dass der Moment gekommen war. "Jetzt!", rief er, und das Team sprang in Aktion. Die Zeit für Worte war vorbei; jetzt zählte nur noch der Kampf. Mit einem letzten Blick auf seine Kameraden und die Farm, die sie beschützen wollten, stürmte Cole in die Schlacht, bereit, alles zu geben.

### 13.3 Ein neuer Plan wird geschmiedet

Die Dämmerung legte sich sanft über das Ash Valley, während Cole Barrett und sein Team in der alten Scheune versammelt waren. Die Anspannung des bevorstehenden Kampfes lag wie ein schwerer Nebel in der Luft, doch an diesem Abend schwebte auch eine unbestimmte Hoffnung mit. Cole betrachtete die Gesichter seiner Kameraden, allesamt Veteranen, und spürte, wie die Entschlossenheit in ihm aufstieg. Gemeinsam hatten sie gekämpft, und nun würden sie gemeinsam für ihre Heimat eintreten.

"Wir müssen einen Plan entwickeln, um die Angreifer endgültig zu besiegen", begann Cole, seine Stimme fest und klar. "Das Kartell hat uns bereits einmal überrascht, aber das wird nicht noch einmal geschehen. Wir wissen, dass sie zurückkommen werden, und wir müssen bereit sein." Sein Blick fiel auf Emma Harlow, die an seiner Seite stand. Ihre Augen funkelten vor Entschlossenheit. "Wir können nicht nur unsere Farm verteidigen; wir müssen das gesamte Tal schützen."

Emma nickte zustimmend. "Wir haben bereits einige Strategien erarbeitet, aber wir müssen sie anpassen. Das Kartell wird nicht zögern, brutale Gewalt anzuwenden, um das zu bekommen, was sie wollen. Wir müssen cleverer sein als sie." Die anderen stimmten zu, und die Diskussion nahm Fahrt auf. Ideen wurden ausgetauscht, Pläne geschmiedet und Strategien entwickelt. Jeder brachte seine Stärken ein, und die Energie im Raum wuchs mit jeder Minute.

"Wir könnten die alten Fallen, die Cole aufgestellt hat, als Ablenkung nutzen", schlug Logan "Hawk" Monroe vor, der als Scharfschütze bekannt war. "Wenn wir die Angreifer in eine Falle locken, können wir sie von hinten angreifen." Die Idee wurde begeistert aufgenommen, und Cole fühlte, wie die Gemeinschaft, die er so lange vermisst hatte, wieder zum Leben erwachte.

"Wir müssen auch die Dorfbewohner einbeziehen", fügte Owen "Blast" Carter hinzu, der als Sprengstoffexperte bekannt war. "Jeder kann helfen, sei es durch das Aufstellen von Barrikaden oder das Bereitstellen von Lebensmitteln und Wasser. Wenn wir zusammenarbeiten, sind wir stärker." Die Worte hallten in Coles Kopf wider. Er erinnerte sich an die Tage, als er allein auf seiner Farm war, ohne das Gefühl der Zugehörigkeit. Jetzt, da er Teil dieser Gemeinschaft war, wusste er, dass sie alles erreichen konnten.

Die Nacht verging schnell, während sie Pläne schmiedeten und Strategien entwickelten. Die Dunkelheit wurde zum Verbündeten, während sie sich darauf vorbereiteten, die Angreifer in die Irre zu führen. Cole fühlte sich lebendig, als er die Vorfreude und den Zusammenhalt seiner Nachbarn spürte. Es war mehr als nur ein Kampf um Land; es war ein Kampf um die Seele ihrer Gemeinschaft.

Als die ersten Sonnenstrahlen den Horizont erhellten, waren sie bereit. Cole erhob sich und blickte in die Runde. "Wir haben einen Plan, und wir werden ihn umsetzen. Egal, was kommt, wir werden zusammenstehen. Für unsere Familien, für unser Zuhause und für die Zukunft, die wir uns wünschen." Ein kraftvolles Murmeln der Zustimmung erfüllte den Raum, und Cole spürte, wie die Entschlossenheit in seinen Adern pulsierte.

In diesem Moment wurde ihm klar, dass sie nicht nur gegen das Kartell kämpften, sondern auch für die Hoffnung, die sie in ihren Herzen trugen. Es war die Hoffnung auf ein besseres Leben, auf Sicherheit und Frieden. Diese Hoffnung würde sie leiten, wenn die Dunkelheit zurückkehrte.

Als sie sich auf den Weg machten, um ihre Positionen einzunehmen, fühlte Cole die Stärke der Gemeinschaft um sich herum. Jeder Schritt, den sie taten, war ein Schritt in Richtung Freiheit. Sie waren bereit, sich dem Sturm zu stellen, und Cole wusste, dass sie zusammen triumphieren würden. Der Tag würde kommen, an dem sie nicht nur ihre Farm, sondern auch ihr Ash Valley zurückgewinnen würden.

Die Vorfreude auf die kommenden Herausforderungen erfüllte ihn mit einer neuen Energie. Es war Zeit, weiterzukämpfen. Und diesmal würden sie nicht verlieren.

# 14
## Die letzte Offensive

### 14.1 Der entscheidende Angriff auf das Kartell

Die Dämmerung hatte bereits die Berge umhüllt, als Cole Barrett auf der Veranda seiner Farm stand und in die tiefschwarze Nacht blickte. Ein eisiger Wind fegte über das Ash Valley und brachte die düstere Vorahnung eines herannahenden Sturms mit sich. Die Dorfbewohner hatten sich versammelt, ihre Gesichter von Angst und Entschlossenheit geprägt. Sie wussten, dass die Zeit des Wartens vorbei war. Der entscheidende Angriff des Kartells stand bevor, und sie mussten sich schnell auf den Kampf vorbereiten.

In der Ferne vernahm Cole das Geräusch von Motoren, das wie ein unheilvolles Raunen durch die Nacht drang. Er konnte die Silhouetten der Fahrzeuge erkennen, die sich langsam ihrem Ziel näherten. Über vierzig bewaffnete Männer, bereit, alles zu zerstören, was er und seine Nachbarn aufgebaut hatten. Diese Gedanken schossen ihm durch den Kopf, während er die Hand um den Lauf seiner Waffe schloss. Erinnerungen an seine militärische Vergangenheit stiegen in ihm auf, als er seine alten Kameraden an seiner Seite sah, die ebenfalls bereit waren, für ihre Gemeinschaft zu kämpfen.

"Wir müssen uns jetzt sammeln!", rief Cole, seine Stimme fest und entschlossen. Die Dorfbewohner, die sich um ihn versammelt hatten, blickten ihn an, und in ihren Augen spiegelte sich die gleiche Entschlossenheit wider, die auch in seinem Herzen brannte. Emma Harlow, seine Nachbarin, trat vor und nickte ihm zu. "Wir sind bereit, Cole. Wir haben alles vorbereitet. Es ist Zeit, ihnen zu zeigen, dass wir nicht weichen werden."

Die Luft war angespannt, als die Dorfbewohner sich in Gruppen aufteilten, um ihre Positionen einzunehmen. Jeder wusste, was auf dem Spiel stand. Die Farmen, die Familien, die Gemeinschaft – alles hing von diesem Moment ab. Cole beobachtete, wie seine Nachbarn sich gegenseitig Mut zusprachen, während sie ihre Waffen überprüften und die letzten Vorbereitungen trafen. Die Dunkelheit schien sich um sie zu verdichten, aber in ihren Herzen brannte ein Licht der Hoffnung.

"Holt die Fallen!", befahl Cole und deutete auf die strategisch platzierten Vorrichtungen, die er in den letzten Tagen vorbereitet hatte. "Wir müssen sie überraschen, bevor sie überhaupt wissen, dass wir bereit sind." Logan "Hawk" Monroe, der Scharfschütze, nickte und machte sich auf den Weg zu seinem Posten. Er wusste, dass seine Fähigkeiten entscheidend sein würden, um die ersten Angreifer zu stoppen.

"Cole, was ist, wenn sie uns überwältigen?", fragte Laura, die besorgt zu ihm aufblickte. "Was ist, wenn wir nicht gewinnen können?" Ihre Stimme zitterte, und Cole spürte, wie sich sein Herz zusammenzog. Er wollte ihr sagen, dass alles gut werden würde, dass sie gewinnen würden, aber die Realität war, dass sie in einem Kampf gegen eine brutale Übermacht standen. Stattdessen legte er eine Hand auf ihre Schulter und sah ihr tief in die Augen. "Wir kämpfen für unsere Familien, Laura. Wir kämpfen für unser Zuhause. Das gibt uns die Kraft, die wir brauchen."

Die ersten Geräusche der Angreifer wurden lauter, und Cole spürte, wie sich die Anspannung in der Luft verdichtete. Er wusste, dass sie bald kommen würden. "Haltet euch bereit!", rief er und stellte sich an die Frontlinie, seine Waffe fest in der Hand. "Egal, was passiert, wir stehen zusammen. Wir lassen uns nicht unterkriegen!"

Die Dorfbewohner um ihn herum nickten, und ein Gefühl der Solidarität breitete sich aus. Sie waren nicht allein; sie waren eine Gemeinschaft, die bereit war, alles zu riskieren, um sich zu verteidigen. Die Dunkelheit wurde von den Scheinwerfern der angreifenden Fahrzeuge durchbrochen, und Cole konnte die Gesichter der Männer im Inneren erkennen – kalt, berechnend, voller Hass. Der Kampf stand bevor, und jeder wusste, dass dies der entscheidende Moment war, der über ihr Schicksal entscheiden würde.

Als die ersten Schüsse fielen, brach die Hölle los. Cole fühlte den Adrenalinschub, der durch seinen Körper raste, während er auf die Angreifer zielte. Die Dorfbewohner waren bereit, und die Fallen, die sie aufgestellt hatten, sorgten für Chaos unter den ersten Wellen der Angreifer. Die Schreie und das Geräusch von Schüssen hallten durch die Nacht, während Cole und seine Nachbarn alles gaben, um ihre Heimat zu verteidigen.

"Für das Ash Valley!", schrie Cole, während er in die Dunkelheit feuerte. Der Kampf hatte begonnen, und er wusste, dass es kein Zurück mehr gab. In diesem entscheidenden Moment stellte sich die Frage nicht mehr, ob sie gewinnen würden, sondern wie viel sie bereit waren zu opfern, um ihre Gemeinschaft zu schützen.

## 14.2 Zusammenhalt und Mut in der Schlacht

Die Dunkelheit hatte sich über die Farm gelegt, als ob sie ein erdrückendes Tuch über alles ausbreitete. Cole Barrett stand an der Fensterbank, seine Hände zitterten leicht, während die Geräusche der Natur um ihn herum zu einem leisen Hintergrundrauschen verschmolzen. Das Heulen des Windes und das Rascheln der Blätter wurden von einer drückenden Stille durchzogen, die nur durch das ferne Brummen von Motoren unterbrochen wurde. Der entscheidende Moment rückte näher. Der Angriff des Kartells würde bald beginnen.

Die Dorfbewohner hatten sich versammelt, jeder von ihnen mit einem Ausdruck der Entschlossenheit im Gesicht. Emma Harlow trat an Cole heran, ihre Augen funkelten vor Mut, aber auch vor Angst. "Wir müssen bereit sein, Cole. Wir können nicht zulassen, dass sie uns nehmen, was uns gehört." Ihre Stimme war fest, doch Cole konnte die leichte Erschütterung darin hören. Sie war eine der letzten, die noch an den Frieden glaubte, den sie einst im Ash Valley genossen hatten.

"Ich weiß, Emma. Wir werden kämpfen. Für unsere Familien, für unser Zuhause", antwortete Cole, während er den Blick über die versammelten Nachbarn schweifen ließ. Jeder von ihnen hatte seine eigene Geschichte, seine eigenen Ängste und Hoffnungen. In diesem Moment fühlte Cole eine Welle der Verantwortung über sich kommen. Es war nicht nur sein Kampf; es war der Kampf der gesamten Gemeinschaft.

Die Vorbereitungen waren getroffen worden. Cole hatte Fallen aufgestellt, strategische Positionen ausgewählt und seine ehemaligen Kameraden mobilisiert. Logan "Hawk" Monroe, der Scharfschütze, hatte sich bereits in eine erhöhte Position zurückgezogen, während Owen "Blast" Carter die Sprengstoffe überprüfte. Die Veteranen waren bereit, ihr Wissen und ihre Erfahrung einzubringen, doch die wahre Stärke lag in der Entschlossenheit der Dorfbewohner, die sich zusammengefunden hatten, um ihre Heimat zu verteidigen.

Als die ersten Scheinwerfer des Kartells in der Ferne auftauchten, spürte Cole, wie sich die Anspannung in der Luft verdichtete. "Es ist Zeit", murmelte er und sah in die Gesichter seiner Nachbarn. Einige waren nervös, andere zeigten Entschlossenheit. Aber alle waren bereit, zu kämpfen. "Denkt daran, wir sind nicht allein. Wir stehen zusammen!" rief er, und seine Worte hallten durch die Dunkelheit.

Die ersten Schüsse fielen, und die Dorfbewohner reagierten sofort. Cole sprang hinter eine Deckung, während das Echo der Schüsse durch die Nacht hallte. "Halt die Position!", rief er, während er die Richtung der Angreifer beobachtete. Der Mut der Dorfbewohner wurde auf die Probe gestellt, als sie sich dem Feind entgegenstellten. Die Verzweiflung war greifbar, doch gleichzeitig brannte ein unbändiger Wille in ihren Herzen.

Emma hatte sich an Coles Seite positioniert, und gemeinsam feuerten sie auf die vorrückenden Angreifer. "Wir dürfen nicht nachgeben!", schrie sie, während sie die Waffe festhielt. Cole bewunderte ihren Mut, der in diesem Moment zur Inspiration für alle anderen wurde. Die Dorfbewohner kämpften nicht nur für sich selbst, sondern auch füreinander. Jeder Schuss, den sie abgaben, war ein Zeichen ihrer Entschlossenheit, ihre Gemeinschaft zu verteidigen.

Die Dunkelheit war erfüllt von Schreien und dem Klang von Geschossen, die durch die Luft pfiffen. Cole fühlte, wie sein Herz raste, während er versuchte, die Kontrolle zu behalten. "Bleibt zusammen!", rief er erneut, als er sah, wie einige Dorfbewohner in Panik gerieten. "Wir sind stark, wenn wir zusammenhalten!"

Die Auseinandersetzung dauerte an, und die Dorfbewohner kämpften tapfer. Cole konnte die Erschöpfung in ihren Gesichtern sehen, aber auch die Entschlossenheit, nicht aufzugeben. Es war ein entscheidender Moment in der Geschichte des Ash Valley, und jeder wusste, dass die kommenden Stunden über ihr Schicksal entscheiden würden.

Als die Angreifer schließlich zurückwichen, brach ein Gefühl der Erleichterung durch die Reihen der Dorfbewohner. Doch Cole wusste, dass dies nur der erste Sturm gewesen war. Der Zusammenhalt und der Mut, den sie in dieser Schlacht gezeigt hatten, waren die Grundlage für die kommenden Kämpfe. In diesem Moment wurde ihm klar, dass die wahre Stärke nicht nur in den Waffen lag, die sie trugen, sondern in dem unerschütterlichen Glauben aneinander und an die Gemeinschaft, die sie schützten.

## 14.3 Ein unerwarteter Verbündeter

Die Nacht war von einer tiefen Stille erfüllt, doch die Anspannung hing wie ein schwerer Nebel in der Luft. Cole Barrett und sein Team hatten sich auf das Schlimmste vorbereitet, doch als die ersten Schüsse durch die Dunkelheit hallten, schien die Zeit für einen Moment stillzustehen. Jeder Schuss, jeder Schrei durchbrach die Stille des Ash Valley und versetzte die Dorfbewohner in Angst und Schrecken. Doch dann, mitten im Chaos, trat etwas Unerwartetes zutage.

Ein dröhnendes Geräusch erfüllte die Luft, und alle Blicke richteten sich auf den Horizont, wo das Geräusch herkam. Plötzlich tauchten mehrere Fahrzeuge auf, deren Scheinwerfer die Dunkelheit durchbrachen wie Sonnenstrahlen, die einen Sturm durchdringen. Doch es waren nicht die Kartellkämpfer, die sie befürchtet hatten. Es waren Nachbarn, Farmer und Rancher aus der Umgebung, die gekommen waren, um Cole und die anderen zu unterstützen.

"Wir sind hier, um zu helfen!", rief Emma Harlow, während sie aus dem Führerhaus eines alten Pickups sprang. Hinter ihr stiegen weitere Dorfbewohner aus, bewaffnet mit allem, was sie finden konnten – von Jagdgewehren bis hin zu landwirtschaftlichen Werkzeugen, die sie als Waffen umfunktioniert hatten. In diesem Moment wurde Cole klar, dass die Gemeinschaft, die er so lange als isoliert betrachtet hatte, bereit war, für ihre Heimat zu kämpfen.

"Komm schon, wir müssen uns zusammenschließen!", rief Cole, während er seine Position an der Frontlinie einnahm. Die Dorfbewohner strömten heran, und es war, als ob die Energie der Gemeinschaft die Luft erfüllte. Gemeinsam bildeten sie eine unüberwindbare Barriere gegen die Angreifer, die sich nun in der Dunkelheit zusammenzogen.

Die ersten Angreifer des Kartells, die noch immer mit der Wucht des ersten Übergriffs beschäftigt waren, schienen überrascht von der plötzlichen Gegenwehr. Cole spürte, wie sich das Blatt wendete. Die Entschlossenheit in den Augen seiner Nachbarn war ansteckend, und er fühlte, wie der Mut in ihm aufstieg. "Lasst uns ihnen zeigen, dass wir nicht weichen werden!", rief er und feuerte einen Schuss ab, der einen der Angreifer traf.

Die Dorfbewohner arbeiteten zusammen, jeder kannte seinen Platz. Emma und einige andere übernahmen die Kommunikation, während Cole und die Veteranen strategisch die Verteidigung leiteten. Logan "Hawk" Monroe, der Scharfschütze, fand schnell einen erhöhten Punkt, von dem aus er die Bewegungen der Angreifer beobachten konnte. Owen "Blast" Carter bereitete Sprengfallen vor, während Ethan "Whisper" Reed mit seiner Kommunikationsausrüstung sicherstellte, dass alle in Kontakt blieben.

Der Kampf tobte, und während die Kartellkämpfer versuchten, sich neu zu gruppieren, wurde die Verteidigung der Dorfbewohner stärker. Jeder Schuss, jede Explosion wurde von einem Schrei des Mutes begleitet. Die Dorfbewohner kämpften nicht nur für ihre Farmen, sondern auch für ihre Familien, ihre Freunde und die Zukunft, die sie sich gemeinsam aufgebaut hatten.

Als die erste Welle der Angreifer zurückgedrängt wurde, brach ein unbeschreiblicher Jubel unter den Verteidigern aus. Sie hatten nicht nur überlebt, sondern auch die Stärke ihrer Gemeinschaft bewiesen. Cole sah in die Gesichter seiner Nachbarn und erkannte, dass sie mehr waren als nur Landwirte – sie waren Krieger, vereint durch den Willen, ihre Heimat zu verteidigen.

Doch die Nacht war noch nicht vorbei. Cole wusste, dass dies nur der Anfang war. Die Kartellkräfte würden nicht einfach aufgeben. Aber in diesem Moment, umgeben von seinen Freunden und Nachbarn, fühlte er eine Welle der Hoffnung. Sie hatten sich zusammengefunden, um zu kämpfen, und sie würden nicht nachlassen, bis die Bedrohung besiegt war.

"Das ist erst der Anfang!", rief Cole, als er seine Waffe hob und in die Dunkelheit blickte. "Wir werden weiterkämpfen, bis wir unsere Heimat zurückhaben!" Die Dorfbewohner jubelten, und in ihren Herzen brannte das Feuer des Widerstands. Gemeinsam waren sie stark, und sie würden alles tun, um ihre Freiheit zu verteidigen.

Mit einem neuen Gefühl der Entschlossenheit und einer klaren Vision für die Zukunft standen sie Schulter an Schulter, bereit für die kommenden Herausforderungen. Das Ash Valley würde nicht fallen – nicht heute, nicht morgen. Sie waren bereit, zu kämpfen und zu siegen.

# 15
## Der Fall von El Lobo

### 15.1 Der Showdown mit Victor Mendéz

Spannung lag in der Luft, als Cole Barrett auf dem alten Holzsteg vor seiner Farm stand und in die Weite blickte. Die untergehende Sonne hüllte das Ash Valley in ein warmes, goldenes Licht, doch die Schönheit der Landschaft konnte die düstere Vorahnung nicht vertreiben, die in seinem Inneren nagte. Heute würde alles entschieden werden. Victor Mendéz, der gefürchtete Kartellboss, hatte seine Drohung ausgesprochen, und Cole wusste, dass er sich auf den entscheidenden Kampf vorbereiten musste.

"Wir müssen uns schnell entscheiden", sagte Emma Harlow, die neben ihm stand. Ihre Stimme war fest, aber Cole konnte die Angst in ihren Augen sehen. "Wenn Mendéz kommt, wird er nicht allein sein. Wir müssen bereit sein."

Cole nickte und ließ seinen Blick über die versammelten Dorfbewohner schweifen. Jeder von ihnen hatte sich zusammengefunden, um ihre Heimat zu verteidigen. Die Männer und Frauen, die einst Nachbarn gewesen waren, standen jetzt Schulter an Schulter, vereint durch die drohende Gefahr. In ihren Gesichtern spiegelte sich eine Mischung aus Entschlossenheit und Furcht wider. Sie wussten, dass sie alles riskieren mussten, um ihre Gemeinschaft zu schützen.

Cole murmelte: "Wir haben keine Wahl" und dachte an die Worte von Mendéz, die wie ein Schatten über ihm schwebten. Der Kartellboss hatte ihm ein verlockendes Angebot gemacht – drei Millionen Dollar für seine Farm. Doch Cole hatte abgelehnt. Geld konnte nicht kaufen, was ihm wichtig war: seine Freiheit, seine Nachbarn, seine Ehre. Jetzt war es an der Zeit, für all das zu kämpfen.

"Was ist unser Plan?", fragte Logan "Hawk" Monroe, der Scharfschütze, der Coles ehemaliges Team verstärkte. Er hatte sich im Hintergrund gehalten, aber seine Augen funkelten vor Entschlossenheit. "Wir wissen, dass Mendéz nicht alleine kommt. Wir müssen die Verteidigung stärken und die Farm in eine Festung verwandeln."

Owen "Blast" Carter, der Sprengstoffexperte, fügte hinzu: "Wir haben Fallen aufgestellt und strategische Positionen vorbereitet. Aber wir müssen auch die Dorfbewohner mobilisieren. Jeder muss wissen, was zu tun ist, wenn sie kommen."

Die Gruppe begann, ihre Pläne zu besprechen, während die Dunkelheit langsam über das Tal hereinbrach. Cole spürte, wie sich das Adrenalin in seinen Adern sammelte. Erinnerungen an vergangene Kämpfe kamen zurück, an Momente, in denen er gegen übermächtige Feinde gekämpft hatte. Doch diesmal war es anders. Diesmal kämpfte er nicht nur für sich selbst, sondern für alle, die ihm am Herzen lagen.

Emma sagte: "Wir müssen die Leute motivieren. Wir dürfen ihnen nicht erlauben, in Panik zu geraten. Wenn wir als Gemeinschaft zusammenstehen, können wir alles schaffen."

Die Dorfbewohner nickten zustimmend. Coles Herz schlug schneller, als er die Entschlossenheit in ihren Gesichtern sah. Es war der Moment, in dem die Gemeinschaft zusammenkam, um sich gegen die Bedrohung zu wehren. "Wir sind mehr als nur Nachbarn", rief Cole. "Wir sind eine Familie. Und heute Abend werden wir zeigen, dass wir bereit sind, für unsere Heimat zu kämpfen."

Ein Raunen ging durch die Menge, als die Dorfbewohner sich auf ihre Positionen begaben. Die Anspannung war greifbar, während jeder von ihnen seine Aufgabe übernahm. Einige bereiteten die Fallen vor, andere überprüften ihre Waffen. Cole selbst stellte sicher, dass Ranger, sein treuer Hund, an seiner Seite war. Der Schäferhund spürte die Aufregung und war bereit, seinen Teil beizutragen.

Ethan "Whisper" Reed, der Kommunikationsexperte, warnte: "Es wird nicht einfach. Mendéz hat die besten Männer an seiner Seite. Wir müssen clever sein und unsere Vorteile nutzen."

Cole sagte: "Wir haben den Überraschungseffekt auf unserer Seite. Sie denken, sie können uns einschüchtern. Aber sie wissen nicht, dass wir bereit sind zu kämpfen."

Als die ersten Lichter der Kartellfahrzeuge in der Ferne auftauchten, wurde die Atmosphäre noch drückender. Die Dorfbewohner hielten den Atem an, während Cole seine Waffe überprüfte. "Das ist es", flüsterte er. "Bereitet euch vor."

Die Dunkelheit wurde von den Scheinwerfern der Fahrzeuge durchbrochen, und das Geräusch von Motoren hallte durch das Tal. Cole spürte, wie sich die Anspannung in ihm aufbaute. Es war der Moment, auf den sie gewartet hatten. Der Showdown mit Mendéz stand bevor, und er wusste, dass dies der entscheidende Kampf sein würde, der über das Schicksal ihrer Gemeinschaft entschied.

"Für das Ash Valley!", rief Cole, und die Dorfbewohner antworteten mit einem einhelligen Schrei. In diesem Moment waren sie nicht nur Farmer und Nachbarn; sie waren Krieger, bereit, alles zu riskieren, um ihr Zuhause zu verteidigen.

## 15.2 Ein persönlicher Konflikt entfaltet sich

Die Anspannung hing wie ein schwerer Nebel in der Luft, als Cole Barrett und Victor Mendéz sich gegenüberstanden. Die Sonne war hinter den Bergen verschwunden, und die Dämmerung hüllte das Ash Valley in einen düsteren Schatten. Ein vertrautes Kribbeln durchfuhr Coles Nacken – der Moment, auf den er gewartet hatte, war endlich gekommen. Mendéz, der Kartellboss, stand vor ihm, selbstbewusst und bedrohlich, mit einem arroganten Lächeln, das seine Lippen umspielte. In seinen Augen funkelte eine Mischung aus Verachtung und Neugier. Er hatte Cole nicht nur als Farmer, sondern als ernsthafte Bedrohung erkannt.

"Drei Millionen Dollar, Cole. Alles, was du tun musst, ist, deine Farm zu verkaufen und das Spiel zu beenden", sagte Mendéz mit einer Stimme, die so glatt war wie das Geld, das er anbot. "Das Leben kann so viel einfacher sein."

Coles Herz raste. Gedanken an alles, was er verloren hatte – an Ben, der jetzt im Koma lag, und an Laura und Sam, die auf ihn zählten – überfluteten ihn. "Ich werde nicht verkaufen", antwortete Cole, seine Stimme fest und klar. "Diese Farm ist mein Zuhause. Sie gehört mir und meiner Familie, und ich werde sie nicht aufgeben."

Ein schadenfrohes Lächeln breitete sich auf Mendéz' Gesicht aus. "Du verstehst nicht, Cole. Es gibt Dinge, die man nicht kontrollieren kann. Du bist ein Mann, der im Krieg gekämpft hat, aber hier ist der Feind nicht so offensichtlich. Glaub mir, ich kann dir das Leben zur Hölle machen."

Die Worte des Kartellbosses hallten in Coles Kopf wider. Erinnerungen an die Brutalität des Krieges, die er einst gekannt hatte, kamen zurück. Doch jetzt war er nicht mehr der Soldat, der Befehle empfing. Er war ein Beschützer, ein Verteidiger seiner Heimat. "Ich habe schon Schlimmeres überlebt als deine Drohungen", entgegnete Cole, während er seine Schultern straffte und sich aufrecht hielt. "Ich werde für das kämpfen, was mir wichtig ist."

Die Spannung zwischen den beiden Männern war greifbar. Cole wusste, dass diese Konfrontation nicht nur um Geld oder Macht ging; es war ein Kampf um Prinzipien, um das, was richtig war. Mendéz trat einen Schritt näher, seine Augen verengten sich. "Du bist ein dummer Mann, Cole. Du wirst lernen, dass ich nicht zu unterschätzen bin. Und wenn du nicht aufpasst, wird es nicht nur deine Farm sein, die in Gefahr ist."

Coles Gedanken rasten. Was würde passieren, wenn er sich weigerte? Würde Mendéz seine Drohungen wahrmachen? Doch er wusste, dass er nicht zurückweichen konnte. "Ich werde meine Nachbarn beschützen, und ich werde nicht zulassen, dass du uns das nimmst, was uns gehört", erklärte Cole, seine Stimme fest und entschlossen. In diesem Moment fühlte er sich stärker als je zuvor, auch wenn die Angst in seinem Inneren nagte.

"Du bist ein Mann, der für seine Überzeugungen kämpft, aber das wird dich nicht retten", murmelte Mendéz und wandte sich ab. "Wir werden uns wiedersehen, Cole. Und beim nächsten Mal wird es nicht so einfach sein."

Als Mendéz sich zurückzog, spürte Cole eine Welle der Erleichterung, aber auch der Besorgnis. Er wusste, dass dies nur der Anfang war. Die Drohung war real, und die Gefahr schwebte über dem Tal wie ein dunkler Schatten. Cole musste sich auf das Unvermeidliche vorbereiten. Er hatte keine Wahl. Er musste kämpfen, nicht nur für sich selbst, sondern für alle, die ihm am Herzen lagen.

Die Nacht brach herein, und mit ihr kam das Gefühl der Dringlichkeit. Cole wusste, dass er seine Verbündeten mobilisieren musste. Der Gedanke an Ben, der im Krankenhaus lag, und an Laura und Sam, die auf ihn zählten, gab ihm den nötigen Antrieb. Er würde nicht zulassen, dass das Kartell seine Gemeinschaft zerstörte. Es war Zeit, sich zu vereinen und einen Plan zu schmieden. Die bevorstehenden Kämpfe würden hart werden, aber Cole war bereit, alles zu riskieren.

Mit einem letzten Blick auf die Dunkelheit, die sich über das Ash Valley legte, machte sich Cole auf den Weg zurück zur Farm. Die Zeit drängte, und er wusste, dass jeder Moment zählte. Der Konflikt war unausweichlich, und er würde alles in seiner Macht Stehende tun, um seine Heimat zu verteidigen.

## 15.3 Der Sieg über das Kartell

Die Nacht hallte wider vom Echo der Schüsse und dem Dröhnen der Explosionen, während Cole Barrett und seine Verbündeten sich dem entscheidenden Aufeinandertreffen mit dem Kartell stellten. Inmitten des Chaos, das die Farm in ein Schlachtfeld verwandelt hatte, durchflutete eine Welle der Entschlossenheit seinen Körper. Es war nicht nur sein Leben, das auf dem Spiel stand; es war das Leben seiner Nachbarn, seiner Freunde und der Familie, die er so verzweifelt beschützen wollte.

Mit jedem Schuss, den Logan "Hawk" Monroe abfeuerte, und jeder Explosion, die Owen "Blast" Carter auslöste, wurde die Übermacht des Kartells sichtbar geschwächt. Die Angreifer, einst so selbstsicher, begannen zu taumeln. Coles Herz schlug schneller, als er sah, wie die ersten Männer des Kartells zurückwichen, ihre Gesichter von Angst und Verwirrung geprägt. Der Wind trug den Geruch von verbranntem Gummi und Rauch mit sich, während die Dunkelheit über das Tal hereinbrach.

"Wir haben sie!", rief Ethan "Whisper" Reed, während er mit seinem Funkgerät die Bewegungen der Angreifer überwachte. "Sie sind in der Falle!" Coles Augen funkelten vor Entschlossenheit. Dies war der Moment, auf den sie gewartet hatten. Er hatte seine alte Einheit versammelt, Veteranen, die bereit waren, für ihre Gemeinschaft zu kämpfen, und jetzt zahlte sich ihr Training aus. Sie waren nicht mehr nur Soldaten; sie waren Beschützer, vereint durch den gemeinsamen Willen, ihre Heimat zu verteidigen.

Die Dorfbewohner, die sich hinter den Barrikaden versammelt hatten, spürten den Wandel in der Luft. Die Angst, die sie zuvor gelähmt hatte, verwandelte sich in Mut. Emma Harlow, die unermüdlich an Coles Seite gekämpft hatte, stand aufrecht, ihre Augen leuchteten vor Entschlossenheit. "Wir sind hier, um zu kämpfen! Für unsere Familien, für unser Land!" Ihre Stimme hallte durch die Nacht und gab den anderen den nötigen Antrieb, sich dem Feind entgegenzustellen.

Als die zweite Welle des Kartells, verstärkt durch ehemalige mexikanische Spezialeinheiten, anrückte, war Cole bereit. "Blast, jetzt!", befahl er, und die Explosion aus der Scheune ließ die Erde erbeben. Die Angreifer wurden überrascht, als der Staub aufwirbelte und die Sicht nahm. In diesem Moment waren sie verwundbar, und Cole wusste, dass sie die Gelegenheit nutzen mussten.

"Jetzt!", rief Cole und führte seine Männer in den Angriff. Die Dorfbewohner, die zuvor zögerten, stürmten voran, angefeuert von dem unaufhaltsamen Geist der Gemeinschaft. Es war nicht nur ein Kampf um das Land; es war ein Kampf um ihre Identität, um ihre Zukunft. Cole spürte, wie die Energie der Gruppe ihn durchströmte, als sie gemeinsam gegen die Bedrohung vorrückten.

Der Kampf war intensiv, und die Schreie der Verwundeten vermischten sich mit den Geräuschen der Waffen. Doch inmitten des Chaos spürte Cole eine seltsame Ruhe. Er wusste, dass sie nicht allein waren. Ranger, sein treuer Hund, kämpfte an seiner Seite, und Sam, der Junge, den er wie einen Sohn betrachtete, hatte sich mutig an die Frontlinie gewagt, um seinen Teil beizutragen. Coles Herz schwoll vor Stolz, als er sah, wie Sam seine Beobachtungsgabe einsetzte, um die Bewegungen der Angreifer zu erkennen und die Dorfbewohner zu warnen.

Die Entscheidung fiel schnell. Die Überlebenden des Kartells, einst so mächtig, wurden zurückgedrängt. Schließlich, als der letzte Schuss fiel und die Stille über das Schlachtfeld hereinbrach, stand Cole mit seinen Verbündeten da, erschöpft, aber siegreich. Sie hatten das Unmögliche erreicht. Der Triumph über das Kartell war nicht nur ein Sieg im Kampf; es war ein Sieg für die Gemeinschaft, die sich vereint hatte, um ihre Heimat zu verteidigen.

Die Dorfbewohner umarmten sich, Tränen der Erleichterung und Freude flossen. Cole fühlte sich lebendig wie nie zuvor. In diesem Moment wurde ihm klar, dass die Stärke der Gemeinschaft nicht nur in den Waffen lag, die sie trugen, sondern in dem unerschütterlichen Glauben aneinander. Sie hatten sich zusammengefunden, um für das zu kämpfen, was ihnen wichtig war, und sie hatten gewonnen.

Doch während die Feierlichkeiten begannen, wusste Cole, dass dies nur der Anfang war. Die Herausforderungen, die vor ihnen lagen, waren noch lange nicht vorbei. Aber mit der neu gewonnenen Hoffnung und dem unerschütterlichen Zusammenhalt waren sie bereit, sich allem zu stellen, was kommen mochte. Gemeinsam würden sie weiterkämpfen, nicht nur für sich selbst, sondern für alle, die sie liebten. Und so blickte Cole in die Zukunft, entschlossen, die nächste Herausforderung anzunehmen.

# 16
## Nach dem Sturm

### 16.1 Die Nachwirkungen des Kampfes

Die Morgensonne schickte ihre Strahlen durch die Wolken, doch das Licht vermochte nicht, die Schatten der Nacht zu vertreiben. In Ash Valley herrschte eine gespenstische Stille, die nur von den sanften Geräuschen der Natur durchbrochen wurde. Vögel sangen, als ob die Welt unverändert geblieben wäre, während die Menschen um sie herum mit den Nachwirkungen des Kampfes rangen. Die Erinnerungen an die brutalen Angriffe des Kartells waren noch frisch, und die Wunden, sowohl physisch als auch emotional, schmerzten wie offene Narben.

Cole Barrett, der ehemalige Elite-Soldat, stand auf dem Platz vor seiner Farm und beobachtete die Gesichter seiner Nachbarn. Jeder Blick war von Trauer und Entschlossenheit geprägt. Sie hatten gemeinsam gekämpft, und nun mussten sie gemeinsam trauern. Der Verlust war nicht nur persönlich; es war ein kollektives Trauma, das die Gemeinschaft zusammenschweißte und gleichzeitig auseinanderzuziehen drohte. Cole fühlte die Last dieser Verantwortung auf seinen Schultern. Er wusste, dass er nicht nur für sich selbst, sondern auch für alle anderen kämpfen musste.

Die Dorfbewohner hatten ihre Toten beerdigt, und die Gräber waren mit einfachen Holzkreuzen markiert, die im sanften Wind wogen. Laura, die Witwe von Ben Parker, stand abseits, ihre Augen leer und voller Schmerz. Cole hatte sie in sein Haus aufgenommen, doch die Trauer um ihren Mann schien sie zu erdrücken. Sam, ihr Sohn, spielte mit Ranger, Coles treuem Hund, doch selbst das Lachen des Jungen klang hohl in der bedrückenden Atmosphäre. Cole wusste, dass Sam die Unschuld der Kindheit verlor, während er die Schrecken des Krieges um sich herum erlebte.

"Wir müssen etwas tun", sagte Emma Harlow, die Nachbarin, die Cole immer wieder gewarnt hatte. Ihre Stimme war fest, aber die Unsicherheit schwang mit. "Wenn wir nicht handeln, wird das Kartell zurückkommen, und wir werden nicht noch einmal so viel Glück haben." Cole nickte, obwohl er wusste, dass das Wort "Glück" in dieser Situation fehl am Platz war. Es war kein Glück gewesen, sondern der Mut und die Entschlossenheit, die sie alle zusammengebracht hatten. Doch die Realität war gnadenlos. Viele von ihnen hatten nicht überlebt, und die, die es taten, trugen die Narben des Kampfes in ihren Herzen.

"Wir müssen uns organisieren", fuhr Emma fort. "Wir müssen unsere Kräfte bündeln und einen Plan entwickeln, um uns zu verteidigen. Das Kartell wird nicht einfach aufgeben." Cole sah in die Gesichter seiner Nachbarn und spürte, wie die Verzweiflung in ihnen wuchs. Es war eine Mischung aus Angst und Entschlossenheit, die ihn antrieb. Er wusste, dass sie schnell handeln mussten, bevor die Dunkelheit zurückkehrte.

"Ich werde mein Team zusammenrufen", sagte Cole schließlich. "Wir müssen uns vorbereiten, strategisch denken und die Dorfbewohner mobilisieren. Wenn wir zusammenstehen, können wir sie besiegen." Die Worte waren ein schwacher Trost, aber sie gaben den Menschen Hoffnung. Hoffnung war das, was sie jetzt am meisten brauchten. Sie mussten sich dem Feind stellen, und sie mussten es gemeinsam tun.

Die Vorbereitungen begannen sofort. Cole und Emma sammelten die Dorfbewohner und erklärten den Plan. Jeder würde eine Rolle spielen, sei es bei der Verteidigung der Farm oder bei der Organisation der Sicherheit. Die Gemeinschaft, die zuvor durch Misstrauen und Angst zerrissen war, begann sich zu vereinen. Es war ein kleiner Schritt, aber ein entscheidender. Cole spürte, wie sich die Energie im Raum veränderte. Die Menschen waren bereit zu kämpfen, bereit, ihre Heimat zu verteidigen.

Doch während sie planten, nagte die Angst an Cole. Was, wenn sie nicht stark genug waren? Was, wenn das Kartell zurückkam und sie nicht bereit waren? Diese Gedanken schwebten wie dunkle Wolken über seinem Kopf. Er konnte die Gesichter der Gefallenen nicht vergessen, und die Vorstellung, dass noch mehr Leben verloren gehen könnten, schnürte ihm die Kehle zu. Er musste stark sein, nicht nur für sich selbst, sondern für alle, die ihm am Herzen lagen.

"Wir werden nicht aufgeben", murmelte Cole, als er die Hände seiner Nachbarn hielt. "Wir sind eine Gemeinschaft, und wir werden zusammenstehen." Die Worte waren eine Bestätigung, ein Schwur, der die Menschen um ihn herum vereinte. Die Dringlichkeit, schnell zu handeln, war greifbar, und die emotionale Tiefe dieser Auseinandersetzung stellte die Charaktere auf die Probe. Es war der Beginn eines neuen Kapitels im Ash Valley, und Cole wusste, dass sie alles riskieren mussten, um ihre Heimat zu schützen.

## 16.2 Trauer um die Gefallenen

Die Dämmerung hatte das Ash Valley in ein sanftes Dunkel gehüllt, während die letzten Strahlen der Sonne hinter den Bergen verschwanden. Eine erdrückende Stille folgte dem Sturm, der die Region vor wenigen Tagen heimgesucht hatte. Cole Barrett stand auf der Veranda seiner Farm und betrachtete die weiten Felder, die nun von einer melancholischen Ruhe durchzogen waren. Erinnerungen an den Kampf, der kürzlich stattgefunden hatte, schmerzten in seinem Herzen. Die Gesichter der Gefallenen, die er gekannt hatte, schwebten wie Geister vor seinen Augen. Jeder Verlust war ein weiterer Schnitt in seiner Seele, und die Trauer um die Gefallenen war in der Gemeinschaft spürbar.

Die Dorfbewohner hatten sich versammelt, um den gefallenen Helden zu gedenken. In der kleinen Kirche am Ende der Straße zündeten sie Kerzen an, deren flackerndes Licht die Gesichter der Trauernden erhellte. Emma Harlow, die Nachbarin, saß in der ersten Reihe, ihre Hände fest gefaltet, während Tränen über ihre Wangen liefen. Sie hatte ihren Bruder verloren, und die Trauer um ihn war eine Last, die sie nicht ablegen konnte. Cole fühlte ihren Schmerz, als er in die Menge sah. Jeder trug die Narben des Krieges, und die Luft war schwer von unausgesprochenem Kummer.

"Wir müssen zusammenhalten", hörte Cole Emma leise murmeln, als sie sich an die anderen Dorfbewohner wandte. "Wenn wir nicht zusammenstehen, werden wir alle fallen." Ihre Stimme war stark, doch die Risse in ihrer Fassade waren deutlich sichtbar. Cole wusste, dass die Trauer um die Gefallenen nicht nur eine individuelle Erfahrung war, sondern eine kollektive, die die Gemeinschaft zusammenschweißen musste. Doch wie konnte man die Wunden heilen, die so tief saßen?

Die Dorfbewohner begannen, sich gegenseitig zu umarmen, während sie Geschichten über die Gefallenen austauschten. Es waren Geschichten von Mut, Freundschaft und unvergesslichen Momenten, die sie miteinander geteilt hatten. Diese Erinnerungen waren bittersüß, denn sie erinnerten sie an das, was sie verloren hatten, und an das, was sie verteidigen mussten. Cole spürte, wie die Dringlichkeit, zu handeln, in ihm aufstieg. Er wusste, dass sie nicht nur um ihre Heimat kämpften, sondern auch um die Ehre derer, die gefallen waren.

In der Nacht, als die Trauerfeier endete, blieb Cole allein auf der Veranda. Der Himmel war klar, und die Sterne funkelten wie kleine Lichter der Hoffnung. Doch in seinem Herzen war es dunkel. Er dachte an Ben Parker, seinen besten Freund, der im Koma lag, und an die Familie, die er zurückgelassen hatte. Laura und Sam waren nun bei ihm, und die Verantwortung, die er für sie trug, lastete schwer auf seinen Schultern. Er konnte nicht zulassen, dass das Kartell noch mehr Unschuldige verletzte. Der Gedanke daran, dass er versagen könnte, ließ ihn frösteln.

"Ich werde kämpfen", murmelte Cole in die Nacht hinein. "Für dich, Ben. Für alle, die gefallen sind." Die Entschlossenheit, die in ihm aufstieg, war wie ein Feuer, das in der Dunkelheit brannte. Er wusste, dass er schnell handeln musste. Die Bedrohung war noch nicht vorbei, und die Trauer durfte ihn nicht lähmen. Stattdessen musste sie ihn antreiben, um die Gemeinschaft zu vereinen und gegen das Kartell zu kämpfen.

Am nächsten Morgen versammelte Cole die Dorfbewohner auf dem Platz vor der Kirche. Ihre Gesichter waren von Trauer gezeichnet, aber auch von Entschlossenheit. "Wir haben gemeinsam gekämpft, und wir werden auch weiterhin gemeinsam kämpfen", begann er, seine Stimme fest und klar. "Die Gefallenen hätten gewollt, dass wir nicht aufgeben. Wir müssen unsere Farmen und unsere Familien beschützen. Wenn wir jetzt nicht handeln, wird es zu spät sein."

Die Worte hallten durch die Menge, und Cole sah, wie die Köpfe nickten. Es war der Beginn eines neuen Kapitels, in dem die Gemeinschaft zusammenkommen würde, um sich der Bedrohung zu stellen. Die Trauer um die Gefallenen würde sie nicht brechen, sondern sie stärker machen. Gemeinsam würden sie für ihre Heimat kämpfen, und Cole wusste, dass sie nicht allein waren. Die Erinnerungen an die Gefallenen würden sie leiten, während sie sich auf den bevorstehenden Kampf vorbereiteten.

## 16.3 Ein neuer Anfang für die Gemeinschaft

Die ersten Strahlen der Morgensonne durchdrangen die Wolken und hüllten das Ash Valley in ein warmes, goldenes Licht. Nach den heftigen Kämpfen der letzten Tage war die Stille fast überwältigend. Cole Barrett stand auf seiner Veranda und blickte über die Farm, die nun wie ein verwundeter Krieger dalag, aber nicht besiegt. Überall waren Spuren des Kampfes sichtbar: umgestürzte Zäune, zerbrochene Fenster und der Geruch von verbranntem Holz lag in der Luft. Doch trotz der Zerstörung spürte Cole eine neue Energie in der Gemeinschaft, die sich um ihn versammelte.

Die Dorfbewohner hatten sich zusammengefunden, um zu helfen. Emma Harlow war die Erste, die ankam, gefolgt von anderen Nachbarn, die Schaufeln, Besen und sogar ein paar alte Werkzeuge mitbrachten. "Wir können das gemeinsam schaffen", sagte Emma mit einem entschlossenen Lächeln, während sie Cole anblickte. "Es ist Zeit, unsere Heimat wieder aufzubauen." Ihre Worte waren wie ein Funke, der ein Feuer entzündete. Die anderen nickten zustimmend, und bald schon waren sie damit beschäftigt, die Trümmer zu beseitigen und Pläne zu schmieden.

Während Cole half, die Farm wieder in Ordnung zu bringen, spürte er, wie die Gemeinschaft stärker wurde. Jeder brachte seine Fähigkeiten ein: Einige reparierten die Zäune, andere halfen, die Felder zu bestellen, und wieder andere kümmerten sich um die verletzten Tiere. Die Zusammenarbeit war nicht nur eine Notwendigkeit, sondern auch eine Quelle der Hoffnung. Inmitten der Arbeit hörte Cole das Lachen von Sam, der mit Ranger spielte. Es war ein Bild des Lebens, das sich nach dem Sturm wieder zu entfalten begann.

Die Gespräche unter den Dorfbewohnern waren voller Entschlossenheit. Sie diskutierten, wie sie ihre Sicherheit verbessern und die Lehren aus den letzten Angriffen umsetzen könnten. Cole hatte bereits einige Ideen, die er mit den anderen teilen wollte. Er wusste, dass sie nicht nur ihre Farmen, sondern auch ihre Gemeinschaft verteidigen mussten. "Wir müssen ein Netzwerk aufbauen", erklärte er, als sie sich um ihn versammelten. "Ein System, das uns schützt und gleichzeitig unsere Ressourcen bündelt."

Die Dorfbewohner hörten aufmerksam zu, und Cole bemerkte, wie sich das Gefühl der Einheit unter ihnen verstärkte. Sie waren nicht mehr nur Nachbarn; sie waren Verbündete, die bereit waren, alles zu riskieren, um ihre Heimat zu verteidigen. Als sie gemeinsam arbeiteten, schien die Sonne heller zu scheinen, und die Wolken der Angst, die über dem Tal gehangen hatten, begannen sich zu lichten.

In einer kurzen Pause setzte sich Cole auf einen alten Baumstumpf und beobachtete die geschäftige Szene um sich herum. Erinnerungen an seine Zeit im Militär kamen zurück – die Kameradschaft, die er dort erlebt hatte, war jetzt hier, in dieser kleinen Gemeinschaft, wieder lebendig. Es war ein Gefühl, das er lange vermisst hatte. Die Menschen um ihn herum waren bereit, für ihre Überzeugungen zu kämpfen, und das gab ihm neuen Mut.

"Wir haben viel zu tun, aber wir werden es schaffen", sagte Cole schließlich, als er sich wieder den anderen anschloss. "Wir sind stark, wenn wir zusammenarbeiten. Das Kartell hat uns nicht gebrochen; es hat uns nur gezeigt, wie wichtig wir füreinander sind." Die Zustimmung der Dorfbewohner war spürbar, und ein Gefühl der Vorfreude durchzog die Gruppe. Sie waren bereit, die Herausforderungen anzunehmen, die vor ihnen lagen.

Als der Tag sich dem Ende zuneigte, versammelten sich die Dorfbewohner um ein großes Lagerfeuer. Es war ein Moment des Innehaltens, des Teilens von Geschichten und des Feierns ihrer gemeinsamen Stärke. Cole fühlte sich zum ersten Mal seit langer Zeit wirklich zu Hause. Der Schmerz und die Trauer um die Gefallenen waren immer noch präsent, aber sie wurden von der Hoffnung auf einen Neuanfang überlagert.

"Morgen beginnen wir mit dem Wiederaufbau der Schule", kündigte Emma an, und die Menge applaudierte. "Wir werden dafür sorgen, dass unsere Kinder in Sicherheit lernen können." Die Entschlossenheit in ihren Stimmen war ansteckend, und Cole wusste, dass dies erst der Anfang war. Gemeinsam würden sie nicht nur ihre Farmen, sondern auch ihre Gemeinschaft wieder aufbauen. Und so saßen sie zusammen, umgeben von der Dunkelheit der Nacht, aber erleuchtet von der Flamme ihrer Entschlossenheit, bereit, weiterzukämpfen.

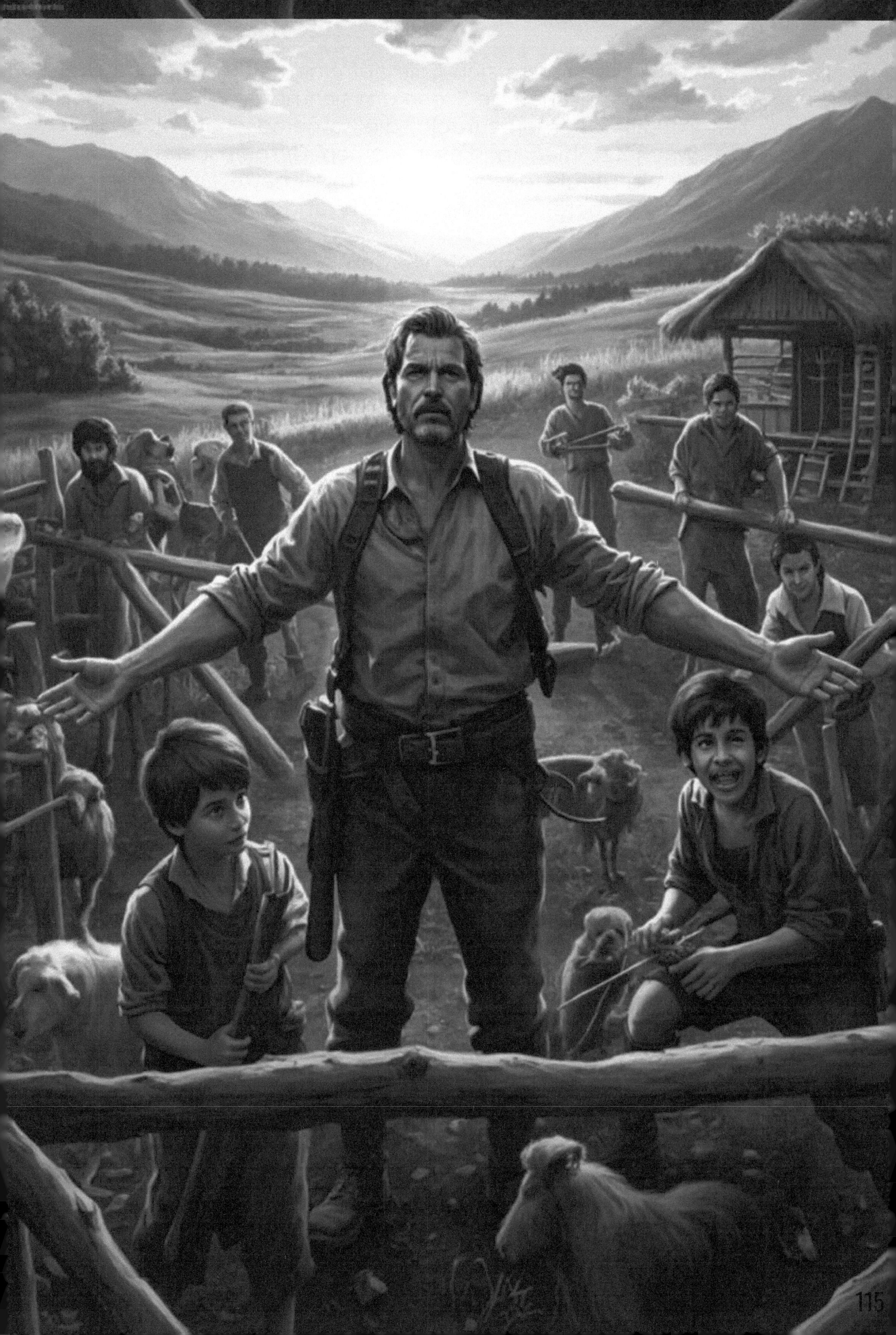

# 17
## Wiederaufbau und Hoffnung

### 17.1 Die Übernahme der Kartellgrundstücke

Langsam erhob sich die Sonne über dem Ash Valley und hüllte die Umgebung in ein warmes, goldenes Licht. Die Dorfbewohner hatten sich versammelt, um eine Entscheidung zu treffen, die das Schicksal ihrer Gemeinschaft für immer verändern würde. Cole Barrett stand am Rand der Gruppe, sein Blick fest auf die Gesichter seiner Nachbarn gerichtet. Diese Versammlung war aus der Notwendigkeit geboren worden, sich gegen die Bedrohung des mexikanischen Kartells zu wehren, das in den letzten Monaten zunehmend aggressiv aufgetreten war.

"Wir können nicht einfach zusehen, wie sie unsere Heimat übernehmen", sagte Emma Harlow, ihre Stimme klang entschlossen. "Wir müssen handeln, bevor es zu spät ist." Die anderen nickten zustimmend, und Cole spürte, wie die Entschlossenheit in der Luft knisterte. Es war nicht nur eine Frage des Überlebens; es war eine Frage der Ehre und des Zusammenhalts. Gemeinsam hatten sie in der Vergangenheit viele Herausforderungen gemeistert, und jetzt standen sie erneut vor einer existenziellen Bedrohung.

Die Idee, die Grundstücke des Kartells zu übernehmen, war zunächst unvorstellbar gewesen. Doch je mehr sie darüber nachdachten, desto klarer wurde ihnen, dass dies ihre einzige Chance war, die Kontrolle über ihr Leben zurückzugewinnen. "Wenn wir die Grundstücke kaufen, können wir die Macht des Kartells brechen", erklärte Cole, während er seine Stimme erhob, um die Aufmerksamkeit aller zu gewinnen. "Wir müssen zusammenarbeiten, um diese Herausforderung zu meistern. Wir sind stark, wenn wir vereint sind."

Ein Murmeln ging durch die Menge, als die Dorfbewohner begannen, die Möglichkeiten abzuwägen. Einige waren skeptisch, andere waren von der Idee begeistert. "Aber woher sollen wir das Geld nehmen?", fragte ein älterer Farmer mit besorgtem Gesichtsausdruck. "Wir haben alle unsere Ersparnisse in unsere eigenen Farmen investiert."

"Wir müssen einen Plan entwickeln", erwiderte Cole. "Wir können Kredite aufnehmen, vielleicht sogar Crowdfunding starten. Wenn wir alle zusammenlegen, können wir genug Geld sammeln, um zumindest eines der Grundstücke zu kaufen. Das wird ein Zeichen setzen."

Die Diskussion nahm Fahrt auf, und bald sprudelten die Ideen nur so. Einige Dorfbewohner schlugen vor, lokale Unternehmen zu mobilisieren, während andere über mögliche Unterstützer in der Stadt sprachen. Die Atmosphäre war elektrisierend, und Cole konnte die Hoffnung in den Augen seiner Nachbarn sehen. Es war, als ob sie alle endlich die Möglichkeit sahen, ihre Heimat zu verteidigen und die Kontrolle über ihr Schicksal zurückzugewinnen.

"Wir müssen auch unsere Stimmen erheben", fügte Emma hinzu. "Wir sollten eine Petition starten, um Unterstützung von anderen Gemeinden zu bekommen. Wenn wir zeigen, dass wir bereit sind, für unser Land zu kämpfen, werden andere uns vielleicht helfen."

Die Gruppe stimmte zu, und es wurde beschlossen, dass jeder bis zum nächsten Treffen einen Plan ausarbeiten sollte. Cole fühlte sich erleichtert. Die Dorfbewohner hatten die Initiative ergriffen, und es war klar, dass sie bereit waren, alles zu tun, um ihre Gemeinschaft zu schützen. Diese Wendung war nicht nur ein Zeichen ihrer Entschlossenheit, sondern auch ein Beweis für die Stärke ihrer Gemeinschaft.

Als die Versammlung sich auflöste, spürte Cole ein Gefühl der Vorfreude in sich aufsteigen. Es war der erste Schritt in einem langen Kampf, aber er wusste, dass sie es gemeinsam schaffen konnten. Der Gedanke an die bevorstehenden Herausforderungen schreckte ihn nicht ab; im Gegenteil, er motivierte ihn. Zusammen würden sie das Kartell besiegen und ihre Heimat zurückerobern.

"Wir sind nicht allein", murmelte Cole leise zu Ranger, der an seiner Seite saß und aufmerksam zuhörte. "Wir kämpfen für unsere Familien, für unsere Zukunft." Der Hund bellte zustimmend, als ob er die Entschlossenheit seines Herrchens spürte. Cole lächelte und streichelte seinen treuen Begleiter. Sie waren bereit, alles zu riskieren, um das zu verteidigen, was ihnen lieb war.

In den kommenden Tagen würden sie sich auf die Suche nach Verbündeten machen, Pläne schmieden und Strategien entwickeln. Die Dorfbewohner waren entschlossen, nicht nur ihre Farmen, sondern auch ihre Identität und ihren Lebensstil zu bewahren. Und während die Sonne über dem Ash Valley unterging, wussten sie, dass der Kampf gerade erst begonnen hatte.

## 17.2 Ein Netzwerk von Sicherheit und Unterstützung

Langsam senkte sich die Sonne und hüllte das Ash Valley in ein warmes, goldenes Licht. Die Dorfbewohner waren sich jedoch der drohenden Gefahr bewusst, die wie ein Schatten über ihrer Gemeinschaft schwebte. Cole Barrett hatte sie alle versammelt, um einen Plan zu schmieden. Die Zeit des Zögerns war vorbei; sie mussten zusammenarbeiten, um ihre Heimat zu verteidigen.

"Wir müssen ein Netzwerk von Sicherheit und Unterstützung aufbauen", begann Cole, seine Stimme fest und klar. "Wenn wir uns nicht zusammenschließen, werden wir verlieren. Das Kartell wird nicht aufhören, bis es alles hat, was wir lieben." Seine Worte hallten in den Herzen seiner Nachbarn wider, die sich um ihn versammelt hatten. Emma Harlow, die mutige Nachbarin, nickte zustimmend. Sie hatte die Brutalität des Kartells aus erster Hand erlebt und wusste, dass es keinen Raum für Angst gab.

"Was ist mit den anderen Farmern?", fragte ein älterer Mann mit einem besorgten Ausdruck. "Könnten sie nicht auch helfen?" Cole nickte. "Ja, wir müssen alle zusammenbringen. Jeder hat etwas, das er beitragen kann. Wir müssen unsere Stärken bündeln und eine Verteidigungslinie errichten."

Die Dorfbewohner begannen, ihre Ideen auszutauschen. Einige schlugen vor, Wachtürme zu bauen, während andere darüber nachdachten, wie sie ihre Farmen besser sichern könnten. Cole hörte aufmerksam zu, während die Vorschläge flogen. Er fühlte, wie die Entschlossenheit in der Gruppe wuchs. Jeder hatte eine Rolle zu spielen, und gemeinsam konnten sie eine unüberwindbare Barriere gegen die Bedrohung errichten.

"Wir müssen auch einen Plan für die Kommunikation haben", fügte Ethan "Whisper" Reed hinzu, der als Kommunikationsexperte bekannt war. "Wenn wir in Kontakt bleiben, können wir schnell reagieren, wenn das Kartell angreift." Cole stimmte zu. "Ethan, du kümmerst dich darum. Sorge dafür, dass jeder weiß, wie er uns erreichen kann, egal wo er sich befindet."

Inmitten der strategischen Diskussionen spürte Cole, wie sich die Last der Verantwortung auf seinen Schultern verdichtete. Er dachte an Ben Parker, seinen Freund, der im Koma lag, und an Laura und Sam, die nun auf ihn angewiesen waren. Die Vorstellung, dass sie alle in Gefahr waren, trieb ihn an. "Wir kämpfen nicht nur für uns selbst, sondern auch für unsere Familien", sagte er, und seine Stimme war durchdrungen von Emotionen. "Wir müssen sicherstellen, dass unsere Kinder in einer sicheren Umgebung aufwachsen können."

Die Dorfbewohner schauten sich an, und ein Gefühl der Einheit breitete sich aus. Sie waren nicht mehr nur Einzelpersonen, die um ihr eigenes Überleben kämpften; sie waren eine Gemeinschaft, die bereit war, für das zu kämpfen, was ihnen wichtig war. Cole bemerkte, wie sich die Gesichter seiner Nachbarn veränderten. Die Angst wich einer neuen Entschlossenheit. Sie waren bereit, alles zu riskieren.

"Lasst uns die Farmen sichern und einen Plan für die Verteidigung aufstellen", rief Emma. "Wir können nicht zulassen, dass sie uns das nehmen, was uns gehört!" Die anderen stimmten lautstark zu, und die Energie im Raum war spürbar. Sie waren bereit, sich dem Feind entgegenzustellen, und die Kraft ihrer Gemeinschaft gab ihnen Mut.

In den folgenden Tagen arbeiteten die Dorfbewohner unermüdlich. Sie errichteten Wachtürme, verstärkten Zäune und planten strategische Positionen für den Kampf. Cole führte sie an, wobei er seine militärische Erfahrung einbrachte, um sicherzustellen, dass jeder Schritt durchdacht war. Die Zusammenarbeit war intensiv, und jeder brachte seine Fähigkeiten ein. Während sie arbeiteten, entstand ein starkes Gefühl der Solidarität.

Doch während sie sich auf den bevorstehenden Konflikt vorbereiteten, blieb die ständige Bedrohung des Kartells im Hintergrund. Cole wusste, dass sie sich auf das Schlimmste vorbereiten mussten. Die Dorfbewohner waren sich der Gefahren bewusst, aber sie waren entschlossen, ihre Heimat zu verteidigen. Die Vorbereitungen wurden zu einem entscheidenden Moment in der Geschichte, der die Charaktere auf die Probe stellte und ihre Entschlossenheit, zusammenzuhalten, auf die ultimative Probe stellte.

Als die ersten Sterne am Himmel erschienen, saßen Cole und Emma auf der Veranda, erschöpft, aber zufrieden mit dem Fortschritt, den sie gemacht hatten. "Wir schaffen das", sagte Cole leise, und Emma nickte. "Ja, wir sind stärker zusammen." In diesem Moment wussten sie, dass sie nicht nur für sich selbst, sondern für die gesamte Gemeinschaft kämpften. Und das gab ihnen die Kraft, die sie brauchten, um weiterzumachen.

## 17.3 Die Rückkehr zur Normalität

Über das Ash Valley strahlte die Sonne, während die Dorfbewohner sich daran machten, ihre Farmen und Häuser wieder aufzubauen. Nach den verheerenden Angriffen des Kartells lag die Gemeinschaft in Trümmern, doch der Geist der Entschlossenheit war ungebrochen. Cole Barrett stand auf seiner Veranda und beobachtete, wie Nachbarn mit Schaufeln und Werkzeugen ausgerüstet zu ihren Feldern zurückkehrten. Es war ein Bild des Wiederaufbaus, ein Zeichen dafür, dass die Menschen hier nicht bereit waren, sich geschlagen zu geben.

Emma Harlow fiel ihm als Erste ins Auge. Sie arbeitete unermüdlich daran, die Überreste ihrer eigenen Farm zu beseitigen. Ihr Gesicht war schmutzig, doch ihr Lächeln strahlte eine unerschütterliche Zuversicht aus. Cole erinnerte sich an die vielen Gespräche, die sie geführt hatten, als sie gemeinsam Pläne schmiedeten, um die Bedrohung durch das Kartell abzuwehren. Jetzt, da die Gefahr vorüber war, sah er, wie diese Gespräche in Taten umgesetzt wurden. Emma war zu einer Säule der Stärke für die Gemeinschaft geworden.

Als Cole sich näherte, bemerkte er, dass sie ihn mit einem entschlossenen Blick ansah. "Wir müssen alles reparieren, was wir können", sagte sie, während sie einen Stein von ihrem Grundstück hob. "Wir dürfen nicht zulassen, dass sie uns das nehmen, was uns gehört." Ihre Worte waren ein Echo der Entschlossenheit, die er in sich selbst fühlte. Es war mehr als nur der Wiederaufbau von Häusern; es war der Wiederaufbau von Leben und Hoffnung.

Die Dorfbewohner arbeiteten Seite an Seite, jeder brachte seine Fähigkeiten ein. Einige reparierten Zäune, andere pflanzten neue Setzlinge, während wieder andere die Wunden der Verletzten pflegten. Cole fühlte sich, als ob er Teil eines großen Ganzen war, einer Familie, die durch die Herausforderungen nur enger zusammengewachsen war. Inmitten der körperlichen Arbeit fand er auch Zeit, mit Laura und Sam zu sprechen. Laura war dankbar für die Unterstützung, die sie erhalten hatte, und Sam zeigte bereits erste Anzeichen von Unabhängigkeit, indem er mit Ranger spielte und die Umgebung erkundete.

"Es ist schön zu sehen, dass alle wieder zusammenkommen", sagte Cole zu Laura, während sie gemeinsam an einem Tisch saßen, der mit Werkzeugen und Materialien für den Wiederaufbau bedeckt war. "Ja, es ist, als ob wir aus der Asche neu geboren werden", antwortete sie und lächelte sanft. "Wir haben so viel verloren, aber wir haben auch so viel gewonnen – an Zusammenhalt und Freundschaft." Ihre Worte hallten in Coles Herzen wider und gaben ihm Kraft, weiterzumachen.

Während die Tage vergingen, spürte Cole, wie die Gemeinschaft langsam zu ihrer Normalität zurückkehrte. Die Menschen lachten wieder, und die Kinder spielten auf den Feldern. Es war ein Anblick, der ihn tief berührte. Er dachte an die Momente der Dunkelheit, die sie durchlebt hatten, und wie sie nun gemeinsam in die Zukunft blickten. Es war ein Triumph über die Dunkelheit, ein Beweis dafür, dass sie nicht besiegt werden konnten.

Doch in den stillen Momenten, wenn die Sonne unterging und die Schatten länger wurden, erinnerte sich Cole an die Gefallenen. Er dachte an Ben und all die anderen, die ihr Leben für die Verteidigung ihrer Heimat gegeben hatten. Ihre Opfer waren nicht umsonst gewesen, und er versprach sich selbst, dass er die Erinnerung an sie lebendig halten würde. "Wir werden für sie kämpfen", murmelte er leise, während er in den Himmel schaute, der in den schönsten Farben leuchtete.

In dieser neuen Realität war die Gemeinschaft nicht nur eine Ansammlung von Menschen, sondern eine Familie, die durch die Herausforderungen zusammengeschweißt wurde. Sie hatten die Dunkelheit überstanden und waren stärker daraus hervorgegangen. Der Weg vor ihnen war noch lang und voller Herausforderungen, aber sie waren bereit, sich diesen zu stellen. Mit jedem Tag, der verging, wuchs ihre Entschlossenheit, und Cole wusste, dass sie gemeinsam alles erreichen konnten.

Als die Nacht hereinbrach und die Sterne am Himmel funkelten, spürte Cole eine tiefe Zufriedenheit. Es war nicht nur der Wiederaufbau, der ihm Hoffnung gab, sondern die Gewissheit, dass sie als Gemeinschaft stark waren. "Morgen", dachte er, "werden wir wieder arbeiten. Wir werden weiterkämpfen." Und in diesem Gedanken lag eine Vorfreude auf die kommenden Herausforderungen, die sie gemeinsam meistern würden.

# 18
## Ein vereintes Ash Valley

### 18.1 Die Kraft der Gemeinschaft

Langsam verschwand die Sonne hinter den majestätischen Bergen Colorados, während die Dorfbewohner von Ash Valley sich in der kleinen Gemeindehalle versammelten. Ein Gefühl der Anspannung lag in der Luft, durchzogen von einer wachsenden Entschlossenheit. Cole Barrett, ein ehemaliger Elite-Soldat, stand an der Spitze des Raumes, seine Präsenz strahlte Autorität und Gelassenheit aus. Um ihn herum waren Gesichter, die von Sorgen und Ängsten gezeichnet waren, doch auch von einem ungebrochenen Willen, ihre Heimat zu verteidigen.

"Wir müssen zusammenhalten", begann Cole, seine Stimme fest und klar. "Das Kartell wird nicht aufhören, bis es alles hat, was wir lieben. Aber wir sind mehr als nur Einzelkämpfer. Wir sind eine Gemeinschaft, und gemeinsam sind wir stark." Seine Worte hallten durch den Raum und berührten die Herzen der Anwesenden. Er wusste, dass sie alle spürten, wie die Bedrohung näher rückte, doch in diesem Moment war es wichtig, Hoffnung zu verbreiten.

Emma Harlow, die Nachbarin, die oft mit Cole sprach, erhob sich und trat vor die Versammelten. "Ich habe gesehen, was das Kartell anrichten kann. Es ist nicht nur unsere Farm, die sie wollen. Es ist unser Lebensstil, unsere Freiheit! Wenn wir uns nicht wehren, verlieren wir alles." Ihre Augen funkelten vor Entschlossenheit, und die Menge murmelte zustimmend. Sie wusste, dass sie das Vertrauen der anderen brauchte, um sie zu mobilisieren.

"Wir haben die Ressourcen, um uns zu verteidigen", fügte Cole hinzu. "Wir müssen unsere Stärken bündeln. Jeder von euch hat Fähigkeiten, die uns helfen können. Ob es darum geht, die Farmen zu sichern, Informationen auszutauschen oder strategische Pläne zu entwickeln – jeder Beitrag zählt." Die Energie im Raum begann zu wachsen, als die Dorfbewohner einander ansahen und die Möglichkeit erkannten, dass sie gemeinsam etwas bewirken konnten.

Ein älterer Farmer, Mr. Jenkins, meldete sich zu Wort. "Ich habe jahrelang für meine Familie gekämpft. Ich bin bereit, alles zu tun, um sie zu schützen. Wenn wir uns zusammenschließen, können wir diese Bastarde aufhalten!" Seine leidenschaftlichen Worte wurden von einem zustimmenden Raunen begleitet. Die Versammlung spürte, dass sie an einem Wendepunkt standen, und die Kraft der Gemeinschaft begann, Gestalt anzunehmen.

Die Diskussionen wurden lebhafter, als die Dorfbewohner begannen, ihre Ideen und Strategien auszutauschen. Einige schlugen vor, Wachen einzurichten, während andere über mögliche Fluchtwege sprachen. Cole hörte aufmerksam zu, während er die verschiedenen Vorschläge abwägte. Er wusste, dass sie einen Plan brauchten, der sowohl offensiv als auch defensiv war, um die Dorfbewohner zu schützen und gleichzeitig die Initiative zu ergreifen.

"Wir sollten auch die jüngeren Leute einbeziehen", bemerkte Emma. "Sam, mein Sohn, hat ein gutes Auge für Details. Er könnte uns helfen, verdächtige Aktivitäten zu beobachten." Cole nickte zustimmend. Es war wichtig, die nächste Generation in diesen Kampf einzubeziehen. Sam war nicht nur ein Kind; er war ein Symbol für die Zukunft, für das, wofür sie kämpften.

Als die Versammlung weiterging, wurde die Stimmung optimistischer. Die Dorfbewohner erkannten, dass sie nicht allein waren. Jeder hatte etwas beizutragen, und jeder war bereit, sich für die Gemeinschaft einzusetzen. Die Angst, die sie zuvor gefühlt hatten, wurde allmählich durch Entschlossenheit ersetzt. Sie waren bereit, ihre Differenzen beiseite zu schieben und sich gemeinsam gegen die Bedrohung zu stellen.

Die Sitzung endete mit einem Gefühl der Einheit. Cole sah in die Gesichter seiner Nachbarn und fühlte eine Welle der Hoffnung. "Wir werden kämpfen", sagte er abschließend. "Nicht nur für unsere Farmen, sondern für unsere Familien, unsere Freunde und unser Zuhause. Zusammen sind wir stark, und zusammen werden wir gewinnen."

Als die Dorfbewohner die Halle verließen, spürten sie, dass sich etwas verändert hatte. Sie waren nicht mehr nur Einzelne, die gegen eine übermächtige Bedrohung kämpften. Sie waren eine Gemeinschaft, vereint durch den gemeinsamen Willen, ihre Heimat zu verteidigen. Die Dunkelheit, die über Ash Valley schwebte, schien ein wenig weniger bedrohlich, und die Vorfreude auf die kommenden Herausforderungen war greifbar. Sie waren bereit, weiterzukämpfen.

## 18.2 Ein Blick in die Zukunft

An einem strahlenden Nachmittag versammelten sich die Dorfbewohner auf dem zentralen Platz des Ash Valley, um über ihre gemeinsame Zukunft zu sprechen. Hoffnung und Entschlossenheit lagen in der Luft. Im Mittelpunkt dieser Versammlung stand Cole Barrett, der kürzlich seine Nachbarn im Kampf gegen das Kartell angeführt hatte. Die Narben des vergangenen Konflikts waren noch immer in seinen Augen sichtbar, doch sie funkelten vor Entschlossenheit.

"Wir haben gemeinsam gekämpft und gewonnen", begann Cole mit fester Stimme. "Aber das ist erst der Anfang. Wir müssen sicherstellen, dass wir nie wieder in eine solche Situation geraten." Seine Worte hallten durch die Menge und weckten Erinnerungen an die schrecklichen Nächte, die sie gemeinsam durchgestanden hatten. Die Gesichter seiner Nachbarn waren von Entschlossenheit geprägt, und das Gefühl der Gemeinschaft war greifbar.

Emma Harlow, die mutige Nachbarin, die Cole während der Kämpfe unterstützt hatte, trat vor. "Wir müssen unsere Farmen sichern und uns gegenseitig unterstützen. Wenn wir zusammenarbeiten, können wir unser Land nicht nur verteidigen, sondern auch weiterentwickeln." Ihre Stimme war klar und überzeugend, und die Dorfbewohner nickten zustimmend. Emma wusste, dass der Schlüssel zur Stärke in der Einheit lag, und sie war bereit, alles zu tun, um ihre Gemeinschaft zu schützen.

Ein älterer Farmer, Mr. Thompson, erhob die Hand. "Was ist mit den Grundstücken des Kartells? Wir sollten sie übernehmen und für unsere Gemeinschaft nutzen. Das könnte ein neuer Anfang für uns alle sein." Die Idee fand schnell Anklang, und die Diskussion entbrannte über die Möglichkeiten, die sich aus der Übernahme der verlassenen Grundstücke ergeben könnten. Jeder sprach über seine Visionen und Hoffnungen für die Zukunft, und die Begeisterung wuchs.

"Wir könnten einen Gemeinschaftsgarten anlegen, der uns alle ernährt", schlug Laura vor, die Witwe von Ben Parker. "Und vielleicht ein Zentrum für Bildung und Sicherheit, wo wir unsere Kinder lehren können, wie man sich verteidigt." Ihre Vorschläge waren nicht nur praktisch, sondern auch emotional aufgeladen, da sie die Erinnerungen an ihren verstorbenen Mann in die Diskussion einbrachte. Cole spürte den Schmerz in ihrer Stimme, aber auch die Hoffnung, die sie für die nächste Generation hegte.

Die Dorfbewohner begannen, konkrete Pläne zu schmieden. Sie teilten sich in Gruppen auf, um verschiedene Aspekte des Wiederaufbaus zu besprechen: Landwirtschaft, Sicherheit, Bildung und Gemeinschaftsaktivitäten. Cole beobachtete sie, während sie mit Leidenschaft diskutierten, und fühlte sich stolz. Diese Menschen waren nicht nur Nachbarn; sie waren Familie. Die Entschlossenheit, die sie zeigten, war ein Zeichen dafür, dass sie aus der Dunkelheit herausgekommen waren und bereit waren, in eine neue Ära zu treten.

Doch während die Gespräche voranschritten, spürte Cole ein mulmiges Gefühl in seinem Magen. Er wusste, dass die Bedrohung durch das Kartell nicht vollständig gebannt war. Victor Mendéz würde nicht einfach aufgeben. Diese Gedanken nagten an ihm, während er den Optimismus seiner Nachbarn betrachtete. "Wir müssen auch einen Plan für die Sicherheit entwickeln", sagte er schließlich. "Wir dürfen nicht nachlässig werden. Das Kartell wird zurückkommen, und wir müssen vorbereitet sein."

Die Stimmung änderte sich kurzzeitig, als die Realität der Situation in die Diskussion eindrang. Aber Emma ergriff das Wort und sagte: "Das ist genau der Grund, warum wir zusammenhalten müssen. Wenn wir uns jetzt zusammenschließen, können wir alles schaffen. Lasst uns nicht von der Angst leiten lassen, sondern von der Hoffnung." Ihre Worte zündeten ein Feuer in den Herzen der Anwesenden, und die Gespräche nahmen eine optimistische Wendung.

Die Dorfbewohner begannen, Strategien zu entwickeln, um ihre Farmen zu schützen und gleichzeitig ihre Gemeinschaft zu stärken. Sie planten regelmäßige Treffen, um ihre Fortschritte zu besprechen und sich gegenseitig zu unterstützen. Es war eine Zeit des Wandels, und jeder war bereit, seinen Teil dazu beizutragen. Cole fühlte sich ermutigt von der Entschlossenheit seiner Nachbarn und wusste, dass sie gemeinsam stark waren.

Als die Sonne langsam hinter den Bergen verschwand und der Himmel in sanften Farben erstrahlte, verspürte Cole ein Gefühl der Vorfreude. Die Herausforderungen, die vor ihnen lagen, waren groß, aber die Gemeinschaft war bereit, sich ihnen zu stellen. Sie hatten die Dunkelheit überstanden und waren entschlossen, eine bessere Zukunft zu schaffen. Mit einem letzten Blick auf die versammelten Dorfbewohner wusste Cole, dass sie nicht nur für sich selbst kämpften, sondern für eine gemeinsame Vision, die sie alle verband.

## 18.3 Hoffnung und Widerstandskraft für alle

Langsam verschwand die Sonne hinter den majestätischen Bergen Colorados, während die Dorfbewohner des Ash Valley sich auf dem zentralen Platz versammelten. Ein Gefühl von Erleichterung und Triumph erfüllte die Luft, nachdem sie die erste Welle des Kartellangriffs erfolgreich abgewehrt hatten. An der Spitze der Versammlung stand Cole Barrett, sein treuer Hund Ranger an seiner Seite. In seinen Augen spiegelte sich der Stolz wider, den er für seine Nachbarn empfand, die in den letzten Tagen zu einer Einheit zusammengewachsen waren.

"Wir haben nicht nur unsere Farmen verteidigt", begann Cole mit fester Stimme, "sondern auch das, was uns als Gemeinschaft ausmacht. Wir haben gezeigt, dass wir bereit sind, für unsere Heimat zu kämpfen." Seine Worte hallten durch die Menge und fanden Gehör bei jedem Einzelnen, der sich ihm gegenüber versammelt hatte. Emma Harlow, die sich an der Frontlinie des Kampfes hervorgetan hatte, nickte zustimmend. Ihre Augen funkelten vor Entschlossenheit und Hoffnung.

"Wir sind nicht allein", fügte Emma hinzu, während sie sich umblickte und die Gesichter ihrer Nachbarn betrachtete. "Jeder von uns hat etwas zu verlieren, aber gemeinsam haben wir auch viel zu gewinnen. Wir müssen weiterhin zusammenarbeiten, um sicherzustellen, dass das Kartell nie wieder in unser Tal eindringen kann." Ihre Worte waren wie ein Funke, der das Feuer der Entschlossenheit in den Herzen der Anwesenden neu entfachte.

In diesem Moment wurde Cole klar, dass die wahre Stärke der Gemeinschaft nicht nur in den Waffen oder der Strategie lag, sondern in der Hoffnung und dem unerschütterlichen Willen, die eigene Heimat zu verteidigen. Die Dorfbewohner hatten sich in den letzten Wochen nicht nur als Nachbarn, sondern als Familie zusammengefunden. Jeder hatte seine Fähigkeiten eingebracht, um die Bedrohung abzuwehren, und nun standen sie vereint da, bereit, ihre Zukunft zu gestalten.

Die Gedanken an die bevorstehenden Herausforderungen schwebten über ihnen, doch die Atmosphäre war durchdrungen von einem neuen Gefühl der Zuversicht. Cole wusste, dass sie nicht nur für den Moment gewonnen hatten; sie hatten eine Grundlage für eine bessere Zukunft gelegt. "Wir müssen uns jetzt darauf konzentrieren, was vor uns liegt", sagte er und blickte in die Gesichter seiner Nachbarn. "Wir müssen unsere Farmen reparieren, unsere Sicherheit verstärken und sicherstellen, dass wir nie wieder in eine solche Situation geraten."

Ein Murmeln der Zustimmung ging durch die Menge, und Cole spürte, wie sich die Entschlossenheit wie ein elektrischer Strom verbreitete. Jeder wusste, dass die Kämpfe noch nicht vorbei waren, aber sie waren bereit, sich den Herausforderungen zu stellen. "Lasst uns zusammenarbeiten, um ein Netzwerk von Sicherheit und Unterstützung aufzubauen", schlug Cole vor. "Wir können nicht nur unsere Farmen schützen, sondern auch ein starkes Fundament für die nächste Generation schaffen."

Sam, der Sohn von Laura, trat vor und schaute zu Cole auf. "Ich möchte helfen", sagte er mit fester Stimme. "Ich habe gesehen, wie stark ihr alle seid, und ich will Teil dieser Gemeinschaft sein." Cole lächelte und kniete sich hin, um auf Augenhöhe mit dem Jungen zu sprechen. "Du bist bereits ein Teil davon, Sam. Deine Beobachtungsgabe wird uns helfen, die Gefahren frühzeitig zu erkennen. Gemeinsam werden wir alles tun, um unsere Heimat zu beschützen."

Die Dorfbewohner begannen, Pläne zu schmieden, um ihre Farmen zu reparieren und Sicherheitsvorkehrungen zu treffen. Die Gespräche waren lebhaft, und die Atmosphäre war erfüllt von einer neuen Energie. Sie hatten die Dunkelheit überstanden und waren entschlossen, die Lehren aus ihren Erfahrungen zu nutzen, um eine bessere Zukunft zu schaffen.

Als die Nacht hereinbrach, versammelten sich die Dorfbewohner um ein großes Feuer. Es war nicht nur ein Zeichen des Überlebens, sondern auch ein Symbol ihrer Einheit. Cole sah in die Gesichter seiner Nachbarn und fühlte eine tiefe Dankbarkeit. "Wir sind stark, weil wir zusammenstehen", sagte er, während die Flammen in die Höhe züngelten. "Hoffnung und Widerstandskraft sind die Grundlagen für unsere Zukunft. Lasst uns niemals vergessen, was wir erreicht haben."

Die Stimmen der Dorfbewohner vereinten sich in einem Chor der Entschlossenheit. Sie wussten, dass der Weg vor ihnen steinig sein würde, aber sie waren bereit, weiterzukämpfen. Und so endete das Kapitel mit einem Gefühl der Vorfreude auf die kommenden Herausforderungen, die sie gemeinsam meistern würden.

In den abgelegenen Weiten des Ash Valley in Colorado lebt Cole Barrett, ein ehemaliger Elite-Soldat und Kommandeur der geheimen Einheit „Specter". Für die Einheimischen ist er lediglich ein wortkarger Farmer, der mit seinem treuen deutschen Schäferhund Ranger ein ruhiges Leben führt. Doch diese Idylle wird jäh gestört, als ein mexikanisches Kartell beginnt, die umliegenden Farmen mit Geld oder Gewalt zu übernehmen. Als Cole frische Spuren schwerer Fahrzeuge auf seinem Land entdeckt und seine Nachbarin Emma Harlow über die brutalen Machenschaften des Kartells informiert, wird ihm klar: Seine Farm steht auf dem Spiel.  Die Situation eskaliert dramatisch, als sein Freund Ben Parker nach einem Übergriff ins Koma fällt. Aus Rache und Pflichtgefühl nimmt Cole Bens Frau Laura und ihren Sohn Sam bei sich auf. Sam zeigt bemerkenswerte Fähigkeiten im Beobachten – Talente, die Cole schnell erkennt und fördert. Inmitten dieser Bedrohung reaktiviert Cole seine alten Verbindungen und versammelt sein früheres Team: Veteranen wie Logan "Hawk" Monroe, Owen "Blast" Carter, Ethan "Whisper" Reed und Miles "Doc" Brennan sind bereit, sich dem Kampf anzuschließen.  Als der Kartellboss Victor "El Lobo" Mendéz persönlich auf Coles Farm auftaucht und ihm drei Millionen Dollar bietet – begleitet von subtilen Drohungen –, lehnt Cole entschieden ab. Die Reaktion des Kartells folgt prompt: Eine massive Angriffswelle rückt mit über vierzig bewaffneten Männern an. Doch sie haben nicht mit Coles strategischen Vorbereitungen gerechnet: Sprengfallen und präzises Scharfschützenfeuer verwandeln seine Farm in eine tödliche Festung.  Der Konflikt erreicht seinen Höhepunkt, als eine zweite Welle von ehemaligen mexikanischen Spezialeinheiten das Gelände stürmt. Mit Kreativität und Mut wehren Cole und sein Team den Angriff ab; sie nutzen ihre militärische Erfahrung sowie Unterstützung von lokalen Farmern, um die Bedrohung zu neutralisieren.  In den letzten Stunden vor dem Morgengrauen formt sich eine neue Allianz unter den Farmern – nicht nur gegen das Kartell, sondern auch für ihre Gemeinschaft. Schulter an Schulter stehend erkennen sie die Kraft der Einheit im Angesicht der Gefahr. Der Kampf um ihr Zuhause wird zum Symbol für Hoffnung und Widerstandskraft in einer Welt voller Unsicherheit – eine Geschichte über Mut, Zusammenhalt und den unaufhörlichen Willen zu kämpfen.

Verlag: BoD · Books on Demand GmbH, Überseering 33,
22297 Hamburg, bod@bod.de
Druck: Libri Plureos GmbH, Friedensallee 273,
22763 Hamburg
ISBN: 978-3-7693-5477-5